Thomas Hardy, geboren am 2. Juni 1840 in Upper Bockhampton, Dorsetshire, ist am 12. Januar 1928 in Dorchester gestorben.
Diese Erzählung des englischen Schriftstellers und Lyrikers Thomas Hardy schildert die Liebe zwischen Christine Everard und Nicholas Long, die unter den gesellschaftlichen Zwängen der viktorianischen Gesellschaft letztlich unerfüllt bleiben muß. Long, standesgemäß der jungen Frau nicht ebenbürtig, beschließt, seiner Liebe zu ihr zu entsagen und in die Ferne zu gehen, um Bildung und Vermögen zu erwerben. Als er nach vielen Jahren zurückkehrt, findet er Christine verlassen von dem Mann, den sie inzwischen geheiratet hatte. Ihrer beider Liebe erwacht neu, und sie beschließen zu heiraten. Am Vorabend der Hochzeit wird die Ankunft von Christines verschollen geglaubtem Mann angekündigt. Er erscheint aber nicht, nicht nach Monaten, nicht nach Jahren des Wartens – doch sein Schatten steht immer zwischen den Liebenden.

insel taschenbuch 2402

Thomas Hardy

Der angekündigte Gast

Thomas Hardy
Der angekündigte Gast

Aus dem Englischen
von Adolf Walter Freund

Insel Verlag

insel taschenbuch 2402
Erste Auflage 2000
Insel Verlag Frankfurt am Main und Leipzig

Vertrieb durch den Suhrkamp Taschenbuch Verlag
Umschlag nach Entwürfen von Willy Fleckhaus
Druck: Friedrich Pustet, Regensburg
Printed in Germany

1 2 3 4 5 6 – 05 04 03 02 01 00

Der angekündigte Gast

1

Wer immer an jenem Oktoberabend vor fünfzig Jahren den bäuerlich gekleideten Mann bemerkt hätte, der auf dem Rasen im Park des Squire Everard stand, wäre ohne weiteres zu dem Schluß gekommen, daß ihn nur die Neugierde hergetrieben haben könne. Denn ein großes, fünffach geteiltes Fenster des Herrenhauses, das seinem Standplatz gerade gegenüberlag, war weder durch Läden verschlossen noch von einem Vorhang verhüllt, so daß der hell erleuchtete Raum fast bis in alle Ecken sichtbar war. Ohne Zweifel rechnete man nicht damit, daß sich noch jemand nach Einbruch der Dunkelheit in jenem Teil des Gartens befinden könnte.

In dem Zimmer, das auf diese Art von einem Draußenstehenden mit einem Blick übersehen werden konnte, befanden sich zwei Personen; sie waren gerade im Begriff, den Nachtisch zu verzehren, und nach altmodischer Sitte war das Tischtuch, wie man bemerken konnte, bereits entfernt worden. Das Obst, Äpfel, Birnen, Nüsse und ähnliche Früchte, sichtlich in der dortigen Gegend gewachsen, stammte wahrscheinlich von dem Gute selbst. Auf dem Tisch standen Ale und Rum, aber nur wenig Wein. Auch war die Einrichtung des Zimmers für die damaligen Verhältnisse eher einfach und gemütlich als prunkvoll zu nennen, wie es der Haushalt des wenig bemittelten kleineren Adels – einer ehemals recht zahlreichen Klasse, die nun meist durch die Großgrundbesitzer verdrängt worden ist – zu sein pflegte.

Die eine der beiden Personen war ein junges Mädchen in weißem Musselinkleid; ein wenig ungeduldig hörte es den Reden des ihm gegenübersitzenden älteren Herrn von gesunder Gesichtsfarbe zu, den der erstbeste Fremde augenblicklich als den Vater erkannt hätte. Der Mann im Garten stand noch immer unbeweglich da, und es wurde allmählich klar, daß die Dinge sich nicht so einfach verhielten, wie es zunächst den Anschein hatte. In der Tat befand sich der hochgewachsene, noch junge Landwirt nicht nur zufällig auf seinem Beobachtungsposten, den er auch mit Absicht derartig geschickt hinter einem Baum gewählt hatte, daß er weder von einem am Parkgitter zufällig Vorübergehenden noch sogar von jemand, der durch den Garten auf das Haus zugekommen wäre, erblickt werden konnte, – und das, obwohl der Park nicht größer als eine Schafhürde war und die Entfernung zwischen dem Eingangstor und jenem Baum nicht mehr als einige Schritte betrug. Am westlichen Himmel war gerade noch genügend Licht, die eine Wange des Mannes schwach zu beleuchten und sein prachtvolles, scharfgeschnittenes Profil deutlich von dem dunklen Baumstamm abzuheben. Auch reichte es aus, erkennen zu lassen, daß das Herrenhaus trotz seiner geringen Größe aus festem Stein und in jenem für die englische Provinz so unübertrefflich geeigneten Stil – dem der Königin Elisabeth, der durch Kreuzfenster und Querbalken charakterisiert ist – erbaut war.

Der Rasen war trotz sichtlicher Vernachlässigung auch jetzt noch so glatt wie ein Ballspielplatz, als den man ihn vielleicht früher einmal wirklich benutzt haben mochte; und die Grashalme vor dem Fenster wurden von dem Kerzenlicht bestrichen, so daß noch ein schwacher Schein das Gesicht des jungen Mannes beleuchtete, das dem Fenster zugekehrt war.

In dem Zimmer aber verriet wenigstens die eine der beiden Personen einen ähnlichen geheimen Plan wie den, der offenbar den jungen Landwirt hergeführt hatte. Die Gedanken des jungen Mädchens beschäftigten sich sichtlich nicht minder mit den Vorgängen draußen im Park als die des unsichtbaren Zuschauers mit denen im Speisezimmer, ja es war gar kein Zweifel, daß sie von seiner Anwesenheit wußte. Ihr Fuß schlug ungeduldig und leise auf den Teppich, und mehr als einmal schickte sie sich an, vom Tisch aufzustehen. An diesem Vorhaben wurde sie jedoch von ihrem Vater gehindert, der ihr ungezwungen die Hand auf die Schulter legte und sie auf ihren Stuhl niederzwang, damit sie seine Ausführungen zu Ende anhöre. Sie antwortete aber nur kurz und zwang sich mit Mühe ein zustimmendes Lächeln ab, als er ihr das Für und Wider seiner Anschauung darlegte. Ein kleines Klappfenster zwischen zwei Längsbalken stand offen, so daß einige Worte des Gesprächs auch draußen hörbar waren.

»Und was die künstliche Bewässerung angeht, – wie kann ich das erschwingen? Die Röhren wären wohl nicht allzu teuer, das ist wahr, aber das Ausheben der Gräben würde ein Vermögen kosten. Und dazu noch die Wehre, – du weißt, daß wir sie mit Steinpfeilern stützen müßten, sonst reißt sie uns der erste Sturm weg.« Die Aussprache des Squire hatte viel vom Dialekt der Gegend angenommen, so daß er gewisse Silben auseinanderzog, wie es die Bauern taten, die auf seinem Gut beschäftigt waren.

Draußen wurde es inzwischen immer finsterer, und die Gestalt des jungen Mannes schien allmählich mit dem Baumstamm zu verschwimmen. Die kleineren Sterne folgten den größeren nach, die Sternnebel füllten den leeren Raum aus, die Bäume hörten auf zu rauschen; und wenn noch irgendein Laut zu vernehmen war, so war es das Brausen eines Wasserfalls, den ein naher, von Bäumen gesäumter Fluß an der Nordseite des Parkes bildete.

Schließlich sprang das junge Mädchen auf, da sie ihre Ungeduld nicht mehr bemeistern konnte. »Ich habe noch etwas zu tun, Papa«, sagte sie, »und komme erst später ins Wohnzimmer hinüber.«

»Gut, mein Kind«, erwiderte der Squire, »dann will ich mich auch nicht beeilen.« Und er schloß die Tür hinter ihr, stellte die Karaffe neben seinen Platz und machte es sich in seinem Lehnstuhl bequem.

Drei Minuten später zeichnete sich die Gestalt einer Frau vom Fenster des Wohnzimmers ab, glitt aus der Haustür und bewegte sich über den Rasen. Christine hütete sich wohl, in den Kerzenschein des Speisezimmers zu geraten, aber immerhin fiel doch so viel Licht auf sie, daß man unter ihrem dunklen, mit einer Kapuze versehenen Mantel einen schmalen Streifen des hellen Kleides sehen konnte, das sie noch soeben beim Abendessen getragen hatte. Die Kapuze war unter ihrem Kinn mit einem Band fest zusammengezogen, so daß ihr Gesicht kleiner und kindlicher, aber auch noch lieblicher als sonst erschien.

Ohne Zögern eilte sie über den Rasen auf den Baum zu, hinter dem sich der junge Mann versteckt hielt. In demselben Augenblick, in dem sie ihn erreicht hatte, legte er den Arm um sie. Doch geschah diese Bewegung, wenn auch nicht förmlich, so doch auch nicht eigentlich mit Leidenschaft; ihr Verhalten war vielmehr das von Personen, die diesen Vorgang so oft geübt hatten, daß sie sich nun seiner nicht mehr mit Bestimmtheit bewußt waren. Sie drehte sich in seinen Armen herum, bis sie, den Kopf gegen seine Schulter gelehnt, so wie er auf das Fenster blickte. So standen sie, ohne ein Wort zu sprechen, eine Weile, und beide schienen ihren eigenen, zum Teil recht verschiedenen Gedanken nachzuhängen.

»Du hast mich lange warten lassen, Christine«, sagte er schließlich. »Ich habe diesmal einen ganz besonderen Grund, mit dir zu sprechen, sonst wäre ich wahrscheinlich schon weggegangen. Warum habt ihr heute so spät gegessen?«

»Mein Vater war den ganzen Tag nicht zu Hause, und deswegen haben wir das Dinner auf sechs Uhr verschoben. Ich weiß wohl, Nicholas, daß ich dich habe warten lassen. Aber wie soll ich mir denn helfen, wenn ich nicht alles aufs Spiel setzen will? Mein armer Vater besteht darauf, daß ich ihm zuhöre, wenn er mir etwas zu erzählen hat. Seit mein Bruder nicht mehr bei uns ist, bin ich der einzige Mensch, mit dem er sich unterhalten kann;

und gerade heute abend war er besonders gesprächig und ließ sich des langen und breiten über seine Lieblingsthemen, wie die Bewässerung, die Pächter, und sonstige Dorfgeschichten aus. Ich muß Papa wirklich mit nach London nehmen, sein Horizont wird hier jeden Tag enger.«

»Und was erwidertest du ihm darauf?«

»Ich trat natürlich für die Pächter ein, wie es sich für den Schatz eines solchen gehört.« Sie schwieg, und es schien, als wenn sie einen Seufzer unterdrücke.

»Es tut dir leid, dem Mann, der dich liebt, so entgegengekommen zu sein?«

»O nein, Nicholas... aber sag mir, was für einen besonderen Grund du hattest, mit mir sprechen zu wollen.«

»Ich weiß, daß es dir leid tut, je mehr die Zeit fortschreitet und keine Aussicht auf irgendeine Entscheidung vorhanden ist. Wir sind an einem toten Punkt angelangt, und dein bäuerlicher Geliebter hat keinen Reiz mehr für dich, das ist es! Man braucht nur daran zu denken, daß unser geheimes Einverständnis nun schon fast drei Jahre lang dauert, seitdem du etwas älter als sechzehn bist.«

»Ja, es ist eine lange Zeit!«

»Und weiß ich denn nicht, daß ich ein einfacher, ungebildeter Mensch bin, der nie in London war und von gesellschaftlichen Formen keine Ahnung hat?«

»Nicht ungebildet, liebster Nicholas! Vielleicht gesellschaftlich ungeschult, unerfahren, wenn du willst! Es ist wahr, daß ich seufzte, aber nicht, weil ich bedauerte, mich dir versprochen zu haben. Was ich manchmal bedauere, ist nur, daß der Plan, den wir beide erdacht haben und der nicht allein in unseren Zusammenkünften besteht, nicht vollständig ausgeführt worden ist. Du sagtest mir, Nicholas, daß du, wenn ich dir einen Treueschwur leistete, bereit wärest, mit einem Mentor auf Reisen zu gehen, fremde Völker und Länder zu sehen und dich aus Büchern, Kunstwerken und ausländischen Sitten zu bilden; dann aber nach zwei Jahren zurückzukehren, wenn es sich als gewiß herausgestellt hätte, daß mein Vater mit dir als Schwiegersohn einverstanden wäre. Du sagtest auch, daß dir mein Versprechen sehr am Herzen läge, da du nur so hoffen könntest, die nötige Ruhe zu erlangen, die für dein Studium notwendig sei. Wenn du aber ohne dieses Versprechen von mir gehen müßtest, so würde dich nur der Gedanke Tag und Nacht quälen, daß du mich nach deiner Rückkehr anders wiederfinden könntest, als du mich verlassen hättest. Ich sah ein, daß dein Wunsch berechtigt war, und schwor dir zu, was du verlangtest. Aber anstatt in die Welt zu gehen, bliebst du hier, um mich nur weiter so oft wie möglich zu sehen.«

»Und es ist dir nicht recht, daß ich dich zu sehen wünsche?«

»Ja – nein – das ist es nicht... Ich bin nur vor kurzem über den Gedanken erschrocken, was ich eigentlich tue, wenn ich mit dir zusammen bin. Ist es nicht eine unverzeihliche Schlechtigkeit von mir, wenn ich meinem Vater verschweige, daß der Mann, den ich liebe und den ich täglich sehe, unmittelbar neben uns wohnt? Wenn du aber auf Reisen wärest, so brauchte ich mir nicht so viele Vorwürfe zu machen. Mein Verhalten würde mir weniger tadelnswert erscheinen, und die Wirklichkeit hätte viel von dem Schrecken verloren, den sie jetzt für mich hat. Du wärest ein schöner Traum für mich, dem ich mich überlassen könnte, ohne jemals von der Stimme meines

Gewissens gequält zu werden. Meine Gedanken wären ständig auf deine Rückkehr gerichtet, und ich dürfte hoffen, dich so wiederzufinden, daß mein Vater dich mit Freuden als seinen Schwiegersohn annehmen würde. Du siehst, daß ich jetzt mit dir so aufrichtig gewesen bin, wie ich es konnte.«

Nicholas' Atem ging schneller. »Es war meine Absicht zu reisen, wie wir es verabredet hatten, sobald du mir dein Versprechen gegeben hättest. Aber, Christine, sieh her, ich konnte doch einiges nicht voraussehen. Ich ahnte nicht, was für einen Schmerz es mir bereiten würde, mich von dir loszureißen, und ich rechnete auch nicht damit, daß mein knickeriger Onkel – der Himmel verzeih mir, daß ich ihn so nenne – es mir so rundheraus verweigern würde, mir Geld für meine Reise vorzustrekken. Dabei hätte die Ausführung unseres ursprünglichen Planes – daß ich nämlich mit einem tüchtigen Lehrer gefahren wäre – eine ungeheure Summe Geld gekostet. Du hast keine Ahnung, wieviel ich gebraucht hätte!«

»Aber ich sagte dir doch, daß ich das Geld auftreiben würde.«

»Ja, das sagtest du wohl«, erwiderte er, »aber

gerade damit hast du eine wunde Stelle berührt. Um dir die Wahrheit zu sagen, Liebste, ich möchte eher hundert Jahre ein ungebildeter Mann bleiben, als dein Geld nehmen.«

»Aber warum? Gebrauchen nicht die Männer, wenn sie heiraten, immer das Geld ihrer Frauen?«

»Das wohl, aber erst, wenn sie verheiratet sind. Kein Mann würde in einer ähnlichen Lage Geld von dir nehmen, und auch ich müßte mich selbst verachten, wenn ich es unter diesen Umständen täte. Aber das bringt mich auf das, was ich dir vorschlagen wollte. Doch nein, – ich kann es jetzt nicht mehr tun.«

»So hör doch, Nicholas, warum willst du mich nicht diese Ausgaben tragen lassen? Das Geld gehört mir: ich habe es von meinem verstorbenen Großvater geerbt, und mein Vater hat gar nichts damit zu tun.«

Er lachte gezwungen und drückte ihre Hand. »Es sind noch andere Gründe, warum ich nicht von hier weg kann«, fuhr er dann fort. »Was würde mit dem Besitz meines Onkels werden? Sechshundert Morgen liegen in dieser Gemeinde und fünfhundert in der nächsten. Es bedeutete für ihn ein beständiges

Hinundherjagen zwischen den beiden Wirtschaften, und er kann doch nicht an beiden Orten zugleich sein. Aber diese Schwierigkeit könnte man vielleicht noch überwinden, wenn nicht noch das andere wäre. Auch müßte ich, Liebste, obwohl ich dein Versprechen habe, noch immer ein wenig fürchten, daß irgend jemand dich mir rauben könnte.«

»Ah, daran hättest du früher denken sollen! Nun hast du mich um nichts und wieder nichts gebunden!«

»Ja, vielleicht hätte ich daran denken sollen«, antwortete er ernst, »aber ich tat es nun einmal nicht. Das ist meine Schuld, ich gebe es zu. Ach, Christine, wenn du dich nur ein wenig mehr noch binden wolltest, so wäre wenigstens diese Schwierigkeit aus dem Wege geräumt! Aber ich kann dich nun nicht mehr darum bitten. Weißt du denn, was du mir noch bedeutest? Du könntest nicht so kühl überlegen, wenn du es wüßtest! Und was dein Vermögen betrifft, so ist mir schon der Gedanke daran verhaßt; denn du bist es, die ich wünsche... Was gäbe ich nicht darum, wenn du keinen Heller besäßest und ich für dich arbeiten könnte!«

»Ich wünsche das durchaus nicht«, murmelte sie.

»Aber ich, denn dann würde es mir viel leichter fallen, dir den Vorschlag zu machen, den ich schon lange mit mir herumtrage... Nein, ich bringe es nach dem, was du mir gesagt hast, nicht über mich, obwohl ich nur deswegen hergekommen bin!«

»Unsinn, Nick! Sei vernünftig und sag es mir! Wie kannst du nur so empfindlich sein!«

»So sieh dir das an, Christine!« Er zog aus seiner Brusttasche einen Bogen Papier und entfaltete ihn, wobei ein an einem Faden befestigtes Siegel sichtbar wurde.

»Was ist das?« Sie hielt den Bogen etwas schief, damit der Schein des erleuchteten Fensters darauf falle. »Ich kann nur die gewöhnlichen englischen Buchstaben lesen. Wie... unsere Namen...? Ist es vielleicht gar eine Heiratslizenz?«

»Allerdings.«

Sie zitterte. »Oh, Nick, wie durftest du das tun – und ohne mir ein Wort zu sagen!«

»Warum hätte ich es dir sagen sollen? Du hättest nicht so ›aufrichtig‹ mit mir gesprochen, wie du es nun getan hast. Wir sind mehr als zwei Jahre lang einander alles gewesen, und ich wollte dir vorschlagen, uns heimlich trauen zu lassen. Ich würde meine Tasche mit zur Kirche gebracht haben und augenblicklich auf die Reise gegangen sein, während du allein nach Hause gegangen wärest. Ich hätte meine Fahrt nicht in jenem großen Stil unternommen, wie wir es anfangs geplant hatten, sondern meine Ansprüche in manchem herabgemindert. Das Wichtigste wäre gewesen, daß mich der Gedanke, deiner nun sicher zu sein, mit Freude an meiner Fortbildung hätte arbeiten lassen. Aber nun wage ich dich nicht mehr darum zu bitten. Deine Aufrichtigkeit hat mir allen Mut genommen.«

Sie antwortete nicht. Durch das Dokument war ihr ganzes bisheriges Tun, das ihr in Gedanken meist nur wie ein unbestimmter Traum erschienen war, plötzlich drohende Wirklichkeit geworden. Ihre Stimme bebte ein wenig, als sie erwiderte: »Ich weiß nicht, – was ich sagen soll.«

»Das glaube ich. Ach, mein schönes Fräulein, Ihr seid meiner bereits überdrüssig!«

»Nein, Nick«, erwiderte sie und schmiegte sich fester an ihn. »Ich schwöre dir bei allem, was mir heilig ist, daß ich dich genau so gern habe wie früher.«

»Ein gewöhnlicher Bauer bin ich«, fuhr er fort, ohne sie zu beachten, »das ist wahr, – und du die Tochter aus einer der ältesten Familien der Grafschaft, – obwohl das nicht zuviel besagen will, denn alle Familien sind am Ende gleich alt, – aber doch gewiß aus einer der Familien, die hier seit undenklichen Zeiten wohnen und die dem Ort seinen Namen gegeben haben.«

»Das bedeutet wenig, muß ich leider sagen! Mein armer Bruder... aber ich will nicht davon sprechen. – Nun«, fuhr sie nach einer Weile ein wenig spöttisch fort, »du wärst ohne Zweifel besser gelaunt, wenn ich mich jetzt bereit erklärte, deinen Wunsch zu erfüllen... Du hättest mich dann in der Schlinge und brauchtest dir keine Sorgen zu machen, daß ich dir noch entkommen könnte.«

»Ja, das ist es eben!« erwiderte er heftig. »Du siehst es als eine Schlinge an, weil du vielleicht eines Tages von mir loskommen möchtest und fürchtest, es dann nicht zu können. Ach, wenn ich dich vor zwei Jahren darum gebeten hätte, du hättest augenblicklich eingewilligt!«

»Nun bist du böse und hältst für Ernst, was ich nur scherzhaft meinte. Wie schlecht kennst du mich doch! Aber ich will dir beweisen, daß du dich nicht in mir getäuscht hast: Ich verspreche dir, mich noch morgen auf Grund dieser Heiratslizenz mit dir trauen zu lassen!«

»Oh, Christine! Aber ich fürchte, daß ich dich jetzt herausgefordert habe ...«

»Nein, nein, nein!« unterbrach sie ihn hastig; und man konnte an ihrem Ton erkennen, daß sie sich in ihrer Ehre gekränkt fühlte und nun nicht mehr zurückweichen wollte. »Nimm mich, wenn ich mich dir anbiete! Für welche Kirche ist die Lizenz ausgestellt?«

»Ich habe noch nicht nachgesehen, – ach, für unsere Dorfkirche natürlich! Dann können wir sie nicht benutzen! Wie dürfen wir wagen, uns hier trauen zu lassen!«

»Doch, wir wollen es wagen«, sagte Christine, »und es wird uns auch gelingen, wenn du dort sein wirst.«

»Und ob ich dort sein werde!«

Sie verabredeten nun hastig, daß er sie am folgenden Morgen zehn Minuten vor acht Uhr im Vorraum der Kirche erwarten solle. Sofort aber nach der Trauung sollte Nicholas sich verabschieden und seine so lange verschobene Bildungsreise antreten. Was die Kosten betraf, so versprach Christine, einige entsprechende Papiere mitzubringen. Dann löste sie sich aus seinen Armen und kehrte auf demselben Weg, den sie gekommen war, ins Haus zurück, während Nicholas die Richtung gegen seinen Hof einschlug.

2

Anstatt den Park durch das Tor zu verlassen, schwang er sich über das Gitter und schritt unter den Bäumen entlang auf den Fluß zu. Und nun, zum ersten Male an diesem Abend, zeigte es sich auch äußerlich, daß er ihrer nicht unwürdig war. Er trug hohe Wasserstiefel, die ihm bis über die Knie reichten, und obwohl es weitaus sicherer und bequemer gewesen wäre, einen Umweg zu machen und die Froom – so hieß der erwähnte Fluß – auf einer Brücke zu überschreiten, so ging er doch geradeswegs auf jenen Punkt zu, von dem ein immer stärkeres Brausen durch die Nacht herübertönte. Bald stand er vor dem Wasserfall, der das Geräusch verursachte, und nachdem er eine bestimmte Stelle über dem Fall gefunden hatte, schritt er mit der Sicherheit eines Menschen hinüber, dem jeder Zoll des Flußbettes bekannt war und den weder die vollkommene Finsternis noch der Gedanke behinderte, daß ihn der geringste Fehltritt in den Strudel hinabstürzen konnte. Als er das gegenüberliegende Ufer erreicht hatte, ging er weiter quer durch das von Geröll erfüllte Tal, das von Bächen und Bächlein, die alle dem Flusse zueilten, durchzogen war und das in früheren Zeiten überhaupt nicht und auch jetzt noch im Winter kaum passiert werden konnte. Manchmal mußte er einen tiefen Graben auf einem Brett überschreiten, das nicht breiter als eine Hand war, und später war er gezwungen, sich seinen Weg durch Massen von Stechgras zu bahnen, wobei er jeden Augenblick Gefahr lief, in einem nur wenige Fuß entfernten Sumpf zu versinken. Schließlich, nachdem er das ganze Tal durchquert hatte, kam er wieder auf festes Land und bald auch zu seinem auf einer Anhöhe gelegenen Haus, einer einfachen Bauernwirtschaft, die den Namen ›Elsenford‹ trug und aus deren auf der Rückseite befindlichen Stallungen ihm wohlvertraute Geräusche wie Schnarchen, Keuchen und das Rasseln von Ketten unbestimmt entgegentönten.

Während Nicholas Long in einer Kammer unter dem Dach seine Reisetasche packte, saß Christine Everard in ihrem Zimmer am Schreibtisch und blickte mit blasser Miene starr in die Kerzenflammen.

»Es ist nun entschieden«, flüsterte sie leise vor sich hin. »Wenn es mir nicht ernst gewesen wäre, so hätte ich nicht damit beginnen dürfen. Es muß wohl in unserem Blut liegen.« Sie meinte damit ein ziemlich weit zurückliegendes Ereignis, das Nicholas unbekannt war: die heimliche Trauung einer Tante, die in gewisser Hinsicht an das ihr bevorstehende Ereignis erinnerte. In einigen Minuten hatte sie die folgenden Zeilen niedergeschrieben:

›*Verehrter Mr. Bealand! Wäre es Ihnen möglich, mich morgen in der Kirche gegen acht Uhr zu treffen? Ich habe diese frühe Stunde gewählt, weil eine spätere für meine Absichten nicht passend wäre. Sie werden mich beim Altar finden, wenn Sie kommen. Ein Ja oder Nein, das Sie mir durch den Überbringer dieses Schreibens mitteilen lassen würden, wäre ausreichend.*

Christine Everard.‹

Sie sandte den Brief augenblicklich an den Geistlichen des Ortes und wartete bei einer Seitenpforte, bis sie die Schritte des zurückkehrenden Mädchens auf der Straße vernahm. Dann eilte sie rasch um das Haus zum Eingang und ließ sich von der Botin das Schreiben aushändigen, das der Geistliche ihr statt einer Antwort mitgegeben hatte. Es enthielt jedoch nichts als die Mitteilung, daß er mit Vergnügen bereit sei, sie um die angegebene Zeit in der Kirche zu treffen.

Ein feuchter Nebel, der am nächsten Morgen die Gegend verhüllte, kam ihrem Plan sehr zustatten. In den Jahren, in denen diese Geschichte spielt, war das Gut des Squire Everard noch nicht umgebaut und vergrößert worden; die Landstraße lief damals nahezu an den Fenstern vorüber, und von einem der alten Wohnzimmer – man pflegte es das südliche zu nennen – ging eine Tür unmittelbar auf die Straße hinaus, die ins Dorf führte. Christine wählte diesen Weg, und nachdem sie ein Stück auf der Landstraße dahingeschritten war, bog sie auf einen Pfad ab, auf dem sie durch eine Anpflanzung über einen Umweg gleichfalls zur

Kirche gelangen konnte. Sie vermied es sogar, den Friedhof durch das Tor zu betreten, sondern stieg auf einen kleinen Erdhügel neben der Kirchhofsmauer, von dem aus sie sich in das Innere hinüberschwang. Dann eilte sie rasch an den feuchten Gräbern vorbei zum Kircheneingang, wo sie Nicholas mit seiner Reisetasche in der Hand bereits erwartete. Er küßte sie und schien fast überrascht, daß sie gekommen war, als hätte er vielmehr erwartet, daß sie im letzten Augenblick von ihrem Wagnis zurückschrecken werde.

Obwohl sie also nicht zurückgeschreckt war, so drückte sich doch in ihrer Haltung kein stürmischer Eifer aus, nur vielleicht die fortwirkende Kraft eines einmal gefaßten Entschlusses. Sie schritten zusammen durch das Schiff der Kirche, das von den alten Bleischeiben nur wenig Licht erhielt, zumal da es noch früh am Morgen war und draußen überdies der trübe Nebel herrschte. Vor dem Altargitter blieben sie schweigend stehen, und Christines Herz schlug so heftig, daß ihr Kleid bei jedem Schlag erzitterte.

Plötzlich knirschte ein rascher Schritt auf dem Kies vor der Kirche, und Mr. Bealand kam auf sie zu. Er war ein ruhiger, unverheirateter Mann, und bei dem Anblick der beiden vor dem Altar zeigte er anscheinend nicht die geringste Überraschung. Vielmehr begrüßte er Christine höflich, während er in Nicholas nicht sogleich einen Landwirt aus der Nachbarschaft erkannte, da er ziemlich entfernt in dem nächsten Kirchspiel wohnte. Aber im Grunde genommen war er ohne Zweifel neugierig, was Christine zu einer so ungewohnten Stunde herführte, da zu jenen Zeiten sich die jungen Mädchen im Gegensatz zu heute noch nicht für kirchliche Festveranstaltungen und dergleichen zu interessieren pflegten.

»Guten Morgen«, sagte er und wiederholte dieselben Worte etwas mechanischer gegen Nicholas gewandt.

»Guten Morgen«, erwiderte sie ernst. »Mr. Bealand, ich hatte einen schwerwiegenden Grund, Sie um diese Zusammenkunft zu ersuchen. Ich – oder vielmehr wir – möchten Sie bitten, uns sogleich zu trauen.«

Der Blick des Geistlichen wurde starr, und er sah wie zerstreut an den beiden vorbei, ohne sich zu bewegen oder eine Antwort zu geben.

»Ah!« sagte er endlich.
»Wir sind beide fest dazu entschlossen.«
»Aber ich ahnte gar nicht...«
»Wir haben es mit Absicht bisher geheim gehalten«, sagte sie ruhig.
»Wo sind Ihre Zeugen?«
»Sie sind draußen, Sir«, bemerkte Nicholas. »Ich kann sie in einem Augenblick rufen.«
»Oh, jetzt erkenne ich Sie«, sagte der Geistliche. »Sie sind Mr. Nicholas Long!« Dann wandte er sich wiederum an Christine: »Hat Ihr Vater von alledem Kenntnis?«
»Muß ich diese Frage beantworten, Mr. Bealand?«
»Ich fürchte wohl, daß es nicht anders gehen wird.«
Christine wurde sichtlich verwirrt.
»Wo ist die Lizenz?« fragte der Geistliche. »Ich nehme an, daß Sie sie mitgebracht haben, da kein Aufgebot stattgefunden hat.«
Nicholas überreichte ihm das Dokument. Mr. Bealand las es sorgfältig durch. Er brauchte mehrere Minuten dazu oder wenigstens gab er sich den Anschein, bis endlich Christine ungeduldig sagte: »Wir sind bereit, Mr. Bealand! Darf ich Sie bitten anzufangen? Mr. Long hat

heute noch eine Reise von vielen Meilen vor sich.«

»Und Sie, Miß Everard?«

»Ich bleibe hier.«

Mr. Bealands Ton wurde um einen Akzent schärfer. »An der Angelegenheit ist etwas nicht in Ordnung«, sagte er. »Ich kann Sie in Abwesenheit Ihres Vaters nicht trauen.«

»Aber dürfen Sie uns überhaupt zurückweisen?« warf Nicholas ein. »Ich glaube, daß wir ein Recht haben, auf der Erfüllung unseres Wunsches zu bestehen.«

»Keineswegs! Ist Miß Everard schon mündig? Soviel ich weiß, fehlen ihr noch eine gute Anzahl Monate. Nun, wie steht es damit, Miß Everard?«

»Muß ich darüber Auskunft geben?«

»Ohne Zweifel! Und in jedem Fall müssen Sie Ihre Angabe niederschreiben. Vorläufig aber weigere ich mich, die Trauung zu vollziehen. Erlauben Sie mir außerdem noch einige Worte! Selbst wenn es Ihnen vielleicht gelingen sollte, in einer fremden Kirche Ihren Willen durchzusetzen, so hätten Sie doch sehr unklug gehandelt. Die Tragödie der Ehe …«

»Tragödie?«

»Gewiß, sie ist nichts anderes mit ihren Krisen und Katastrophen und endet stets mit dem Tode der einen Hauptperson. Sie werden mich nicht bereit finden, Ihr Beginnen zu unterstützen, das Sie so leichten Herzens unternommen haben, und ich muß Sie, Miß Everard, aufmerksam machen, daß ich mich gezwungen fühle, Ihrem Vater von dem Vorfall Mitteilung zu machen. Denken Sie noch einmal darüber nach und erinnern Sie sich an das Sprichwort: Zu rasch gefreit hat manchen gereut!«

Christine, durch seinen Widerstand erregt, bestürmte ihn mit Bitten, und auch Nicholas versuchte noch einmal, Mr. Bealand umzustimmen. Aber es war alles vergeblich: der hartnäckige Geistliche blieb bei seiner Weigerung. Christine setzte sich nieder und begann nachzudenken. Schließlich wandte sie sich von neuem an Mr. Bealand und sagte: »Ich sehe wohl, daß wir an diesem Morgen unsere Trauung nicht erreichen werden. Könnten Sie mir aber, Mr. Bealand, eine Bitte gewähren? Zum Dank dafür würde ich Ihnen versprechen, im Augenblick keine weiteren Versuche mehr zu unternehmen. Erzählen Sie meinem Vater nichts von dem, was eben hier vorgefallen ist!«

»Gut, Miß Everard; aber Sie müssen mir außerdem versprechen, daß Sie nicht entfliehen werden.«

Sie sah Nicholas an, und er erwiderte ihren Blick.

»Hast du die Absicht, mich zu entführen, Nick?« fragte sie.

»Nein«, erwiderte er.

So wurden sie einig und verließen die Kirche, jeder für sich und in verschiedener Richtung. Nicholas, der als letzter auf den Friedhof hinaustrat, schloß die Kirchentür und schritt, seine umsonst gepackte Reisetasche in der Hand, über die Wiesen seinem Hofe zu. Zwei Männer, die damit beschäftigt waren, einen Karren auszubessern, näherten sich, als sie ihn erblickten, der Hecke, als wenn sie die ganze Zeit auf ihn gewartet hätten.

»Ihr sagt, Ihr hättet uns als Zeugen brauchen können, Sir?«

»Schon gut«, erwiderte er durch die Hecke, »ich brauche euch jetzt nicht mehr.«

3

Auf einem Gut in der Nähe wohnte damals ein Ehepaar, beide recht unbedeutende und durch ihre Sonderlichkeiten wenig anziehende Menschen, denen erst kürzlich zu ihrer Freude ein Sohn und Erbe geboren worden war. Nun sollte die Taufe im Laufe der Woche stattfinden, in der sich auch die soeben geschilderten Ereignisse abgespielt hatten, und es waren Vorbereitungen für ein Fest getroffen worden, das man den Dorfbewohnern bei dieser Gelegenheit geben wollte. Christines Vater, im selben Alter wie das Ehepaar und mit ihm auch durch die Interessen des gemeinsamen Standes verbunden, war gleichfalls eingeladen worden, an jenen Feierlichkeiten teilzunehmen, und es verstand sich von selbst, daß Christine ihn begleitete.

Als sie in Athelhall ankamen – wie das Haus genannt wurde –, fanden sie den sonst so stillen Ort vollkommen verändert vor. Überall herrschte geschäftiges Leben, und in der ›Halle‹ – jenem Raum, dem das Haus seinen Namen verdankte und der mit seinem offenen Gebälk aus eichenen Querhölzern und Sparren ein braunes Dickicht über die Köpfe der Eintretenden zauberte – waren zahlreiche Tische aufgestellt worden. Hier saßen die Pächter mit ihren Frauen und Kindern, jung und alt nebeneinander, und das Hauspersonal wurde bei seinen Dienstleistungen von den Söhnen und Töchtern der Freunde und Nachbarn des Hausherrn unterstützt. Auch Christine half mit.

Sie hielt gerade zwei Teller unter eine riesige, braune Schüssel mit Reispudding, aus der ein Diener große Löffel voll austeilte, als hinter ihr eine Stimme sagte: »Darf ich die Teller für Sie halten?«

Christine wandte sich um und erkannte in dem Sprecher den Neffen des Hausherrn, einen jungen Mann, der soeben aus London zurückgekehrt war und mit dem sie früher schon einige Male ein paar Worte gewechselt hatte. Sie dankte ihm für seine Hilfsbereitschaft, und von diesem Augenblick an lächelte er ihr wie einer alten Bekannten zu, wenn sie im Laufe der weiteren Mahlzeit zufällig aneinander vorüberkamen. Als sie mit ihrer Arbeit fertig waren, knüpfte er ein längeres Gespräch mit ihr an, und es wurde offenbar, daß ihre

Schönheit großen Eindruck auf ihn gemacht hatte.

Bellston war ein nicht sonderlich hübscher, selbstbewußter junger Mann, dessen Gesicht noch stärker gerötet war als selbst das von Nicholas Long. Als er sie ansprach, hatten sich seine Wangen noch ein wenig dunkler gefärbt, obwohl dieses Erröten anscheinend nicht mit irgendwelcher Nervosität zusammenhing. Vielmehr konnte man sich beim Anblick seiner Miene seltsamerweise nicht des Eindrucks erwehren, daß er aus Zorn errötete; und selbst wenn er lachte, war es schwierig, sich diesen Gedanken aus dem Kopf zu schlagen.

Die späte Herbstsonne warf ihre Strahlen durch die Scheiben, gleichermaßen auf die Gesichter und Rücken der ehrwürdigen Alten wie der Vierzigjährigen und der Kinder, auf Männer und Frauen, die ihre Rollen in der Tragödie oder Tragikomödie ihres Lebens bereits gespielt hatten oder sie noch spielen mußten, und was sie in ihrem einsamen Winkel gesehen und erlebt hatten, das war nicht weniger groß, nicht weniger wesentlich als alle die Kämpfe und Leidenschaften, die in einer gewaltigeren Arena vor sich gehen und die Aufmerksamkeit der ganzen Welt auf sich ziehen. Unter diesen Leuten befand sich auch eine Base Nicholas Longs, die mit ihrem Mann und ihren Kindern gleichfalls an dem Mahle teilnahm.

Um zu zeigen, wie sehr er im Einklang mit seiner Umgebung sei, bemerkte Mr. Bellston zu Christine:

»Es tut einem im Herzen wohl, wenn man sieht, wie diese einfachen Bauern sich freuen.«

»Oh, Mr. Bellston«, rief Christine, »seien Sie nicht allzusehr von dem Wort ›einfach‹ überzeugt! Sie wissen wenig davon, was diese Menschen sehen und begreifen. Ihre Gefühle und Gedanken sind nicht minder kompliziert als die unsrigen.«

Sie sprach mit einer Leidenschaft, die sie kaum aufgewandt hätte, wenn ihr nicht ihr Verhältnis zu Nicholas zum Bewußtsein gekommen wäre. Aber die Gedanken, die diese Erinnerung alsbald auslöste, riefen eine unsägliche Niedergeschlagenheit in ihr hervor. Inzwischen stimmte ihr der junge Mann eifrig zu.

»Ich bin froh, daß Sie dieser Meinung sind«, erwiderte er herzlich.

»Alles, was ich wollte, war, mich Ihrer Stimmung anzupassen. Denn, um die Wahrheit zu sagen, ich verstehe von den Parthern, Medern und Bewohnern von Mesopotamien, ja von jedem anderen Volk auf der Welt mehr als von der englischen Landbevölkerung. Mein Beruf ist Reisen und Erforschen, und die Sitten und Gebräuche unserer Bauern liegen mir sehr fern.«

Reisen – das Wort erregte Christines Aufmerksamkeit, da es ja noch nicht lange her war, daß es in ihren und Nicholas' Plänen eine große Rolle gespielt hatte, und es reichte aus, um Bellston in ihren Augen interessanter als bisher erscheinen zu lassen. Vielleicht, dachte sie, konnte er ihr Verschiedenes sagen, was auch für Nicholas von Nutzen wäre, falls ihr Traum doch noch einmal in Erfüllung gehen sollte. Eine Tür führte von der Halle in den Garten hinaus, und ohne zu wissen, wie es eigentlich geschah, fand sie sich auf einmal mit ihm allein im eifrigsten Gespräch über dieses Thema begriffen, bis ihr plötzlich fast zufällig der Gedanke kam, daß der junge Mann im Grunde genommen recht sympathisch wäre. Da der Garten zum Hause seines Onkels gehörte, so konnte er sie gleichsam wie in seinem eigenen Besitz umherführen, und sie gingen zwischen den Beeten, in denen Chrysanthemen und andere Herbstblumen blühten, dahin, bis sie durch eine Tür in den Obstgarten gelangten. Ein Glashaus stand offen, er trat ein und schnitt ihr ein Büschel Weintrauben ab.

»Aber ist das recht von Ihnen? Gehören sie nicht Ihrem Onkel?«

»Ach was, es ist ihm ganz gleichgültig. Ich kann hier tun, was ich will... Finden Sie nicht auch, daß er ein grober alter Bursche ist?«

Sie mußte an ihren Nick denken und fühlte, daß im Vergleich mit ihrer neuen Bekanntschaft ihr ländlicher Freund nicht nur nichts von seinen guten Eigenschaften verlor, sondern auch für seine Person sehr wohl als ein kluger und prächtiger Mensch gelten konnte; aber eine gewisse Übereinstimmung in kleinen Dingen, die sie in ihrem Gespräch mit Mr. Bellston hatte feststellen müssen, ließ ihr Verhältnis zu Nicholas plötzlich in einem fremdartigen Licht erscheinen. Nicholas war, wenn er durch die nächtliche Stunde und den Mondschein verklärt erschien oder man ihn sich tausend Meilen weit entfernt vorstellen konnte, ohne Zweifel ein geeigneterer Gegenstand für die romantischen Träume einer Frau als dieser nette, tadellose junge Mann; aber in der Nachmittagssonne und inmitten einer großen Gesellschaft war Mr. Bellston ein recht angenehmer Begleiter.

Als sie in die Halle zurückkehrten, forderte Bellston sie auf, mit ihm eine in die Mauer eingebaute Wendeltreppe hinaufzusteigen, über die man zu einem Gang und einer offenen Galerie mit einem freien Ausblick gelangen konnte. Von da aus sahen sie, wie die Leute unten hinauszuströmen begannen, da die nach dem Essen gehaltene kurze Ansprache des Hausherrn und die darauffolgenden Dankesbezeigungen bereits vorüber waren und man auch das neugetaufte Kind bereits allerseits genügend bewundert hatte. Unter ihnen befand sich auch Nicholas Longs Base mit ihrem Mann und ihren Kindern. Während nun die Taufgesellschaft sich auf dem Rasen versammelte, hörten sie die Stimme des Hausherrn durch den Garten hallen:

»Hallo, Jim! Wo bist du?«

Der junge Mann eilte rasch die Wendeltreppe hinunter, während ihm Christine langsamer folgte.

»Nun, mein Junge«, sagte Bellstons Onkel, »du bist doch so gut und ordnest die Leute zu einem kleinen Tanz oder etwas Derartigem, worauf sie sich verstehen? Ich bin todmüde, und außerdem möchte ich noch einige Worte mit Mr. Everard sprechen, ehe wir in den Garten hinauskommen. Sie sind ein wenig scheu, wenn sie nicht jemand ermuntert, aber dann werden sie von allein lustig genug. Nicht wahr, Everard?«

»Ja, ja«, sagte Mr. Everard.

So gesellten sie sich zu den Leuten. Aber es stellte sich heraus, daß James Bellston ebenso schüchtern oder vielmehr unbeholfen war, einen Tanz anzuführen, wie die Bauern selbst. Inzwischen hatte sich auch die Zahl der Leute vermehrt; denn waren bei dem Festessen nur Pächter aus der Gemeinde des Squire anwesend, so waren nun noch zahlreiche Nachbarn hinzugekommen, die gleichfalls am Tanz teilnehmen wollten.

»Sie wollen ›Vorwärts mit dem Pflug!‹ tanzen«, sagte Bellston verlegen zu Christine. »Es ist ein Bauerntanz, wie ich vermute; aber wie soll ich es anfangen, ihn anzuführen? Haben Sie Mitleid mit mir, Miß Everard, denn ich verstehe nicht mehr vom Pflügen als ein neugeborenes Kind! Würden Sie nicht mit einem der Bauern den Anfang machen? Nur, um sie zu ermuntern, wie mein Onkel sagt. Wie wäre es, wenn Sie den hübschen jungen Burschen dort drüben nehmen wollten? Ich weiß nicht, wie er heißt, aber sicherlich kennen Sie ihn, und ich werde Ihnen mit der Tochter des Schweizers folgen.«

Christine wandte sich um und erbleichte, aber es bemerkte niemand, da ihr Gesicht im Schatten war. »Ja, ich kenne ihn allerdings«, sagte sie kühl, »es ist einer unserer Nachbarn, ein Mr. Nicholas Long.«

»Das ist vortrefflich! Dann wird er sicherlich gern bereit sein, mit Ihnen den Tanz anzuführen. Aber nun muß ich mich nach meiner Partnerin umsehen.«

»Ich ... möchte vielleicht doch lieber mit Ihnen tanzen, Mr. Bellston«, sagte sie mit einem leichten Zittern in der Stimme. »Denn, sehen Sie«, fuhr sie dann hastig fort, »ich kenne die Figuren des Tanzes und kann Ihnen helfen, während Nicholas Long, der sie, wie ich weiß, ebenso gut kennt, uns folgen würde, und das gäbe dann zwei Paare, die sich auf den Tanz verstehen, was unbedingt notwendig ist.«

Bellston bezeigte ihr dadurch seine Dankbarkeit, daß er wiederum auf seine merkwürdig ärgerlich-freundliche Art errötete; denn er hatte nicht gewagt, sie um die Gefälligkeit zu bitten, die sie ihm nun freiwillig anbot; und nachdem er Nicholas noch aufgefordert hatte, mit der Tochter des Schweizers das zweite Paar zu bilden, führte er Christine auf ihren Platz. Long tat das gleiche mit seiner Partnerin; aber so sehr es innerlich in ihm wütete, verriet er doch äußerlich nichts von seiner Erregung, und nur ein scharfes Aufblitzen seiner Augen, als sein Blick dem Christines begegnete, war alles, was von seinem Zustand zeugte. Dann begannen die Geiger mit ihrer Musik, die berühmten Geiger aus Mellstock, die, wenn sie nur genügend zu essen und zu trinken bekamen, von Sonnenuntergang bis zum Anbruch des nächsten Tages spielen konnten, ohne müde zu werden. Die Paare drehten sich und schwangen durch die Luft, und als im Verlaufe der vorgeschriebenen Figuren Nicholas auch die Hand Christines ergriff, drückte sie die seine heimlich; aber er erwiderte ihren Druck nicht.

Christine hatte die größte Mühe, ihren Partner richtig durch das Gewirr zu steuern, da er ihr überdies die Arbeit durch seine Eigenwilligkeit sehr erschwerte, und als sie beide endlich wieder am Anfang der langen Reihe angelangt waren, fühlte sie, wie ihr bereits der Atem auszugehen begann. Sie blieb daher einen Augenblick stehen, um sich auszuruhen, und beobachtete Nicholas und seine Tänzerin; und obwohl ihre Neigung für ihn in den letzten Monaten bedeutend abgekühlt war, so mußte sie ihn doch von neuem bewundern. Niemand verstand sich besser auf diese Tänze als er und vermochte sie fehlerloser und eindrucksvoller auszuführen. Sein Tanz mit der Tochter des Schweizers riß sie so mit, daß sie, als ›Vorwärts mit dem Pflug!‹ zu Ende war, sich entschloß, ihn anzusprechen.

»Nick, willst du das nächste Mal mit mir tanzen?«

Er war augenblicklich bereit und forderte sie in der üblichen vorgeschriebenen Weise auf, wobei er höflich den Hut zog. Sie zeigte eine gewisse Zurückhaltung, die er sehr wohl begriff, und gestattete ihm, sie an die Spitze einer Reihe von erstaunlicher Länge zu führen, die sich augenblicklich bildete, als sie auf ihre Plätze zuschritten. Der Hausherr hatte offenbar mit seiner Behauptung recht gehabt, daß die Leute nur einer Ermunterung bedurften.

»Was wollen wir tanzen?« fragte Nicholas.

Sie wandte sich an die Geiger. »Die ›Flitterwochen‹«, sagte sie.

Und nun schritten sie in dem wundervollen Takt jenes alten Tanzes aus dem achtzehnten Jahrhundert dahin, der, wenn er früher auch schon einmal besser getanzt worden war, doch niemals mit größerer Hingabe getanzt wurde als gerade damals. Die vollkommene Übereinstimmung, die das Bewußtsein ihrer zärtlichen Beziehungen in ihnen erzeugte, bewirkte einen Einklang in ihren Bewegungen, der den Gedanken an zwei harmonisch ineinandergreifende Teile einer Maschine wachrief. Die Erregung des Tanzes erinnerte Christine an die Zeit, jene leidenschaftliche, von keinem Zweifel beschwerte Zeit, da sie und Nicholas den ganzen Rausch der ersten Liebe durchlebten; und sie ließ Christine alle Sorgen und die quälende Vorstellung, die ihr das Dasein in der letzten Zeit verbittert hatte, vergessen, daß sie die Gesetze ihres Standes verletzt habe. Nicholas dagegen war niemals müde geworden, sie mit grenzenloser Leidenschaft zu lieben, und alle Schwierigkeiten und Uneinstimmigkeiten hatten bisher seine Bewunderung für Christine nicht vermindern können.

»Tanze nicht so wild, Nick!« flüsterte sie ihm zu. »Wenn ich auch selber nichts dagegen habe, so könnten es doch die Leute bemerken. – Wie kamst du hierher?«

»Ich hörte, daß du mit deinem Vater herübergefahren wärest, und kam absichtlich zu diesem Tanz.«

»Wie, du bist die ganze Strecke zu Fuß gegangen?«

»Ja, wenn ich auf eins der Pferde meines Onkels gewartet hätte, so wäre ich zu spät gekommen.«

»Fünf Meilen hin und fünf zurück, nur um zu tanzen?«

»Mit dir! Wie kamst du gerade auf diesen alten Flitterwochen-Tanz?«

»Oh, er fiel mir ein, als ich dich sah und

daran denken mußte, wie es vielleicht Wirklichkeit für uns geworden wäre, wenn du nicht den Fehler begangen hättest, die Lizenz für unsere Kirche zu besorgen.«

»Wollen wir es noch einmal versuchen?«

»Nein, – jetzt nicht. Ich will noch einmal darüber nachdenken.«

Die Bauern bewunderten ihre Geschicklichkeit und Anmut, wie sie selbst bemerken mußten. Aber sie ahnten nicht, von welchen Bemerkungen diese Bewunderung wenigstens an einer Stelle begleitet war.

»Mancher, der sich wundert, wie gut die zwei es können, möcht vielleicht weniger staunen, wenn er verschiedenes wüßt«, bemerkte ein Fährmann zu seinem Nachbar.

Der andere fragte, was er damit sagen wolle.

»Nun, ich hab gehört – wenn ichs auch nicht recht glaub –, daß die zwei miteinander verheiratet sind. Ja, so hat man mirs erzählt, sie sind ganz früh zur Kirche und habens abgemacht, ehe es noch hell geworden ist. Aber daß Ihr mir kein Wort von dem weitererzählt! Es könnt mich eine Winterarbeit kosten, wenns herauskäm, daß ich die Nachricht verbreitet hab und sie nicht wahr ist.«

Als der Tanz beendet war, kehrte Christine zu ihrer eigenen Gesellschaft zurück. Ihr Vater und der Onkel des jungen Bellston waren bereits früher aus dem Haus herausgetreten und hatten rauchend der Veranstaltung zugesehen. Plötzlich bemerkte sie, daß der Vater neben ihr stand.

»Christine, tanz nicht soviel mit dem jungen Long, – ich meine nur, aus bloßer Vorsicht. Die Leute könnten zu reden anfangen, da er doch in unserer Nachbarschaft wohnt. Ich hätte dir nichts gesagt, wenn er nur ein gewöhnlicher Bauernbursche wäre; aber da er etwas Besseres ist als die übrigen, so solltest du vorsichtig sein.«

»Gewiß, Vater«, sagte Christine.

Aber die erneute Vorstellung, daß sie ihn betrüge, stimmte sie traurig. ›Ist es denn schließlich meine Schuld?‹ fragte sie sich. ›Er ist ein schöner und kluger junger Mann aus unserer Nachbarschaft und die Treue selbst; und so ist es gekommen, daß sich ein ständiger Verkehr zwischen uns fast von selbst ergeben hat. Wäre es nicht das Allernatürlichste und Selbstverständlichste auf der Welt, daß ich ihn heirate, und kann es etwas Sinnloseres geben als jene angeblichen Gesetze, die eine solche Verbindung verbieten?‹

Es möge jedoch bei dieser Gelegenheit bemerkt werden, daß Christines kühne und freiherzige Überlegung eher auf einen Zweifel an ihrer Neigung zu Nicholas als auf den festen Glauben an sie hinwies. Denn in jenen Zeiten, da sie noch von ihrer Leidenschaft ganz erfüllt war, hatte sie sich niemals erst durch irgendwelche Überlegungen und Vernunftgründe von der Berechtigung ihrer Gefühle überzeugen müssen.

Als sie mit ihrem Vater durch die Nacht heimfuhr, versank sie von neuem in tiefes Nachdenken. Sie stellte sich Nicholas vor, wie er jetzt zu Fuß alle diese vielen Meilen durchwandern mußte, nachdem ihn der anstrengende Tanz gewiß schon müde gemacht hatte. Mr. Everard, der vor einer Weile ein wenig eingenickt war, erwachte plötzlich und sagte: »Ich hab dir was zu sagen, Chris! Beim heiligen Georg, das hab ich! Du weißt doch schon, was es ist?«

Sie erwiderte, daß sie keine Ahnung habe, und fragte sich im stillen, ob ihr Geheimnis vielleicht bereits entdeckt sei.

»Nun, du weißt, es handelt sich natürlich um *ihn*! Aber ich will dir alles erzählen. Du hast vielleicht bemerkt, daß ich mit dem jungen Bellston vorhin auf dem Rasen auf und ab ging. Nein? Nun, ich sprach jedenfalls längere Zeit mit ihm, und er vertraute mir an, daß er um deine Hand anhalten wolle. Ich erwiderte ihm natürlich, daß das alles von dir abhinge; und er meinte, daß du einverstanden wärest; du hättest ihn ausdrücklich dadurch ermutigt, daß du ihn vor allen anderen zum Partner erwählt hättest, wie? ›Wenn dem so ist‹, sagt ich zu ihm, ›so versuchen Sie nur Ihr Glück, ich hab nichts dagegen‹. Der junge Mann bedankte sich vielmals bei mir, und dabei blieb es also. Er wird morgen kommen und dir einen Antrag machen.«

Sie sah zu ihrem Schrecken, was James Bellston als eine Ermutigung aufgefaßt hatte. »Er hat mich vollkommen mißverstanden«, sagte sie. »Ich hatte nichts dergleichen beabsichtigt.«

»Was, du magst ihn nicht?«

»Wahrhaftig, ich kann nicht anders.«

»Chrissy«, sagte Mr. Everard mit Nachdruck, »es gibt keinen jungen Mann, mit dem ich dich lieber verheiratet sähe als mit diesem Bellston. Er ist ein kluger Bursche und in guten Verhältnissen. Außerdem ist er weitgereist und hat mir versichert, daß er als Ehemann all das aufgeben und ein häuslicher Gatte werden würde. Du wärest nirgends sicherer als in seiner Obhut.«

»Das ist richtig«, erwiderte sie, »es ist ohne Zweifel eine günstige Partie, und ich wäre ebensogut versorgt, wie ich mich auch sonst auf ihn verlassen könnte.«

»Dann sei vernünftig und weise dein Glück nicht von dir!«

Sie hatte ihre Antwort aus voller Überzeugung gegeben und nicht, um ihrem Vater einen Gefallen zu tun. Als eine kluge Frau hatte sie erkannt, daß eine solche Heirat nicht unvorteilhaft für sie wäre. In den großen und letzten Dingen entsprach ihr wohl Nicholas in der vollkommensten Weise; aber in den kleinen und weniger bedeutenden fühlte sie sich unendlich mehr zu Bellston hingezogen. Und bestand das Leben nicht aus kleinen Dingen?

Ja, Nicholas Longs Sache stand schlecht trotz jener kurzen, neu erwachten Glut, als sie ihn mit der Tochter des Schweizers tanzen sah.

Viele große Leidenschaften, Bewegungen und Bestrebungen – seien es nun die eines Individuums oder die eines Volkes – erlangen während ihres Niederganges oft noch einmal für kurze Zeit jenen Glanz zurück, den sie auf ihrem Höhepunkt erreichten; aber dann verlöschen sie rasch. Vielleicht hatte der Tanz Christines Liebe zum letzten Mal aufflackern lassen. Nun hatte sie alle ihre Kraft verbraucht, die die Flamme ihrer Neigung in der Zukunft hätte nähren sollen, und was übrig blieb, war nur Leere und Kälte. Es war wirklich nicht sehr klug von Nicholas gewesen, die Lizenz für die Kirche seines Ortes ausstellen zu lassen!

4

Ihre schwankende Neigung für Nicholas wurde überdies noch durch einen Vorfall vermindert, als sie mit ihm eine Zusammenkunft in den ›Weiden‹ hatte. Die Weiden waren eine mit Büschen und Bäumen bewachsene Stelle am Ufer der Froom und außer vom Park Mr. Everards nur dadurch erreichbar, daß man den Fluß beim Wasserfall oder an einer anderen Stelle durchwatete. Ganz nahe am Wasser befand sich ein Buchsbaumdickicht, in dem ein gefällter Stamm am Boden lag. An diesem Ort hatten sie sich bisher einige Male getroffen, obwohl der Platz keineswegs sicher genannt werden konnte. Hier saß sie nun auch an diesem Tag und wartete auf ihn.

Das Rauschen des Flusses übertönte den Klang der nahenden Schritte, und sie erblickte Nicholas, noch ehe sie sein Kommen vernahm, zufällig schon als er beim Wasserfall herüberwatete.

Das grelle Licht des Mittags mit seinen schmalen Schatten zerstörte stets den romantischen Charakter ihrer Liebe zu Nicholas. Und nun war überdies etwas Neues in ihr Leben getreten, das sie verwirrte. Ja, wenn jemals das Gefühl der Reue über sie gekommen war, ihm so viel gewährt zu haben – was sie jedoch vielleicht niemals mit Bestimmtheit getan hatte -, jetzt bereute sie es ohne Zweifel. Und doch herrschte im Grunde dieser beiden Herzen ein nicht wegzuleugnender Einklang; sie bildeten zusammen ein vollkommenes Ganzes, und ihre Liebe war lauter und ursprünglich. Aber in dieser hellen Mittagsstunde glänzten nur die Oberflächen, und die Tiefen versanken in unsichtbare Schatten. Wahrscheinlich drückte sich diese Stimmung auch in ihrem Gesicht aus.

Er kam schweigend auf sie zu, ergriff ihre Hand und sah ihr fest in die Augen. Das Wasser lief an seinen Stiefeln herunter.

»Hast du darüber nachgedacht?«

»Worüber?«

»Ob wir es noch einmal versuchen sollen; du sagtest es mir doch während des Tanzes!«

»Oh, ich vergaß es vollkommen!«

»Du bereust, es überhaupt versucht zu haben?« fragte er vorwurfsvoll.

»Ja, aber weniger der Tat als des Geredes wegen.«

»Wie, ist es bekannt geworden?«

»Man erzählt sich bereits, daß wir verheiratet sind.«

»Wer sagt das?«

»Ich kenne die Leute nicht. Es ist nur ein unbestimmtes Geflüster. Ich glaube, daß irgendeiner aus dem Dorf es unserem Mädchen erzählt hat. Der Mann behauptete, daß er an jenem unglückseligen Morgen über den Friedhof gegangen sei, als er plötzlich Stimmen aus der Kirche gehört habe. Er sei näher getreten und habe versucht, durch die Scheiben zu sehen, so gut das bei dem trüben Glas möglich gewesen sei; und da habe er dich und mich und den Geistlichen beim Altar erblickt, – und so weiter. Aber da er Angst bekommen habe, es könnte nicht ungefährlich sein, Zeuge dieses Vorgangs zu werden, so habe er sich davongemacht. Und so sprach sich die Geschichte herum. Dann hat auch deine Tante ...«

»Um Gottes willen! Was hat sie getan?«

»Man hat auch ihr die Geschichte erzählt, und sie soll stolz gesagt haben: ›O ja, es verhält sich ganz richtig damit! Ich habe selbst die Lizenz gesehen. Nur ist es noch nicht allgemein bekannt.‹«

»Was sagst du? Sie hätte die Lizenz gesehen?«

»Ja, ich glaube, sie hat sie zufällig in deinem Rock gefunden.«

Diese Nachricht zusammen mit dem unglücklichen Worte ›stolz‹ ließ Nicholas vor Scham und Zorn erröten. Er wußte, daß es in der Art seiner Tante lag, mit der ›Eroberung‹ ihres Neffen zu prahlen. Aber schlimmer noch als diese Prahlerei war die Tatsache, daß Christine ihm zum ersten Mal zu verstehen gegeben hatte, wie gut sie wußte, daß solch eine Heirat seine Verwandten mit Stolz erfüllen würde, – die einzigen zwei übrigens, die er in der Welt besaß.

»Du bedauerst also viel mehr, als meine Frau zu gelten, als es wirklich zu sein?« Er ließ ihre Hand los, die schlaff hinabsank.

»Nein, ich bedauere es nicht so sehr, mein lieber Nick, als ich darüber mißmutig bin, daß du, nachdem ich dir meine Treue und meinen Mut durch meinen Gang zur Kirche bewiesen habe, nun alles so ungeschickt – so unglücklich angepackt hast, daß wir weder das eine noch das andere erreicht haben. Wie kann ich überhaupt noch mit Menschen verkehren, wenn ich nicht weiß, was sie von mir denken?«

»Dann, liebe Christine, laß mich wieder gutmachen, was ich angerichtet habe. Gib mir einige Tage Zeit, und ich will eine andere Lizenz besorgen, mit der wir ohne Schwierigkeiten heiraten können.«

Sie fuhr erschrocken zurück. »Ich kann mich nicht ein zweites Mal zu diesem Entschluß aufraffen«, sagte sie. »Bei Gott, ich kann es nicht! Und dann versprach ich Mr. Bealand, zunächst nichts mehr zu unternehmen ... Wie können wir uns aber nach diesen Vorfällen noch sehen? Man wird uns ohne Zweifel künftig beobachten.«

»Dann werden wir uns also nicht mehr sehen.«

»Ich fürchte, daß uns nichts anderes übrig bleiben wird. Immerhin ... «

»Was meinst du?«

»... bin ich sehr unglücklich.«

Dieses Gespräch machte einen niederschmetternden Eindruck auf Nicholas, und er versuchte, sich die Mitteilungen, die sie ihm gemacht hatte, irgendwie zurechtzulegen. Es mag aber dahingestellt bleiben, ob ihm diese Zurechtlegung auch gelang und ob er nicht besser daran getan hätte, auf seinem neuerlichen Vorschlag zu bestehen. Unglücklicherweise hatte er seinen Weg durch Büsche und Dornsträucher und über Wasserläufe und Gräben nehmen müssen, und die Unordentlichkeit, die seiner äußeren Erscheinung zu dieser klaren und gesitteten Tageszeit anhaftete, machte einen wenig günstigen Eindruck auf Christine.

»Du tadelst mich, – du bereust deinen

Schwur und möchtest am liebsten alles zurücknehmen, was du mir je einmal gewährt hast!«

»Nein, Nicholas«, sagte sie freundlich, wenn auch mit Festigkeit, »ich bereue nichts von dem, was ich getan habe. Aber ich glaube, daß du doch nicht recht daran getan hast, diese Lizenz ausstellen zu lassen, ohne mir vorher etwas davon zu sagen. Und ich glaube auch, daß du dich hättest fragen müssen, was geschehen würde, wenn du den Ort nicht verließest und doch auch sonst nichts weiter tätest, um deine Lage zu verbessern. Ich fürchte mich nicht vor dem, was auch immer über mich kommen mag; denn der Verlust der gesellschaftlichen Stellung bedeutet noch nicht den Verlust der Persönlichkeit und nicht einmal persönliche Schande. Aber wie ein kluger, neuerer Dichter sagt, den ich heute gelesen habe:

Die Wege der Welt sind nicht ohne Wert,
Kaum handelt der klug, der sie nicht beachtend
Blind vorwärtsstürmt. Der Weise wartet.

Du hättest deine Reise antreten sollen, Nick, nachdem du mein Versprechen hattest, hättest dir einen Namen machen und zurückkommen sollen, um dann um meine Hand anzuhalten. Das war mein kindischer Traum von dem Helden, den ich liebte.«

»Vielleicht ist es noch nicht zu spät dazu? Aber würdest du wirklich um des Friedens mit deiner Familie willen lieber fern von mir leben wollen, als das Wagnis auf dich zu nehmen, aus Liebe zu mir mich zu sehen? Oh, was für ein kaltes Herz hast du doch! Wenn ich ein Prinz wäre, so hätte ich um deinetwillen der ganzen Welt Trotz geboten!«

Sie schüttelte den Kopf. »Ach, du weißt nicht, was die Gesellschaft bedeutet, du weißt es nicht!«

»Vielleicht wirklich nicht ... Wer war der fremde Herr, den ich bei Mr. Bellstons Tauffeier sah?«

»Oh, das war sein Neffe James! Er hat bereits ein schönes Stück Welt gesehen. Man sagt, daß er ein richtiger Forschungsreisender sei.«

»Wahrhaftig?«

»Ja, es ist sehr unterhaltend, ihm zuzuhören.«

»Das glaub ich wohl.«

Nicholas empfand keine Eifersucht bei dieser Mitteilung. Er kannte Christine gut genug zu sehen, daß sie nicht in Bellston verliebt war. Dann fragte er, ob Bellston seine Forschungsreisen wieder aufnehmen werde.

»Schwerlich, wenn er sich irgendwo dauernd niederläßt, sonst wohl, wie ich vermute.«

»Vielleicht könnte auch ich ein Forschungsreisender werden, wenn ich es nur versuchte.«

»Ich bin überzeugt davon.«

Sie saßen still nebeneinander, ohne sich anzusehen oder zu berühren, und ihre Blicke waren in eine unbestimmte Ferne gerichtet. So verging Minute um Minute dieses melancholischen Herbstnachmittags, während der Wasserfall ihnen böse Worte von der Unvermeidlichkeit des Übels ins Ohr zu zischen schien. Vieles war zwischen ihnen seit jener Zeit anders geworden, als sie sich zum ersten Mal an diesem Ort getroffen hatten.

Das Versteck war von höchst romantischem Reiz, aber nun sah es ebenso häßlich wie gewöhnlich aus. Ihre Stimmung verlieh den Dingen eine nicht weniger sichtbare Färbung als diejenige, die materiellen Ursprungs gewesen wäre, – wie es übrigens nicht anders sein kann, wenn das Leben nur Gedanke ist und nichts weiter. Nicholas' Neigung für Christine war unveränderlich stark. Aber unglücklicherweise war auch er Launen und Eingebungen zugänglich, und so konnte die Uneinigkeit zwischen ihnen nicht mehr beseitigt werden.

Sie hatte kaum ihr Zimmer betreten und sich an ihr Arbeitstischchen gesetzt, als ihr Vater eilig hereinkam. Sie überreichte ihm die Zeitung, aber er nahm sie nur wortlos, stellte sich an den Kamin und warf sie auf den Boden.

»Christine, was ist an dieser entsetzlichen Geschichte wahr? Ich war im Begriff, das Register anzusehen.«

Sie blickte ihn schweigend an.

»Du hast – Nicholas Long geheiratet?«

»Nein, Vater.«

»Nein? Du bringst den Mut auf, Tatsachen abzustreiten, die mir von mehreren Seiten mitgeteilt wurden?«

»Ja.«

»Aber... hast du nicht an den Geistlichen geschrieben, und warst du nicht an jenem Morgen in der Kirche?«

Sie erklärte ihm mit wenigen Worten, wie es kam, daß sie ihre Absicht nicht ausführen konnten.

»Ah, jetzt begreife ich, was der Tanz bei Bellstons zu bedeuten hatte! Da soll doch... das ist ja... und wie lange dauert es schon, daß ...du dich so vergessen hast..., willst du mir das nicht sagen?«

»Daß ich was getan habe?«

»Wie? Nun, daß du ihn zu deinem Freund gemacht hast! Aber jetzt hören Sie mir zu, Madam, was ich Ihnen sage! Die Sache muß ein Ende haben. Von diesem Tag, von diesem Augenblick an hast du nichts mehr mit ihm zu tun! Du wirst ihn nicht mehr sehen, – du bist vollkommen mit ihm fertig, verstehst du? Ich wünschte nur, daß seine Leute auf meinem Gut wären! Auf der Stelle müßten sie hinaus, oder ich würde dafür sorgen, daß es mit Beschleunigung geschieht! Außerdem wirst du ihm augenblicklich schreiben, was ich dir jetzt gesagt habe!«

»Aber wie kann ich das tun?«

»Wie du das kannst? Weil du es mußt, sehr einfach!«

»Nun, wenn wir in diesem Augenblick auch nicht verheiratet sind, so habe ich ihm doch geschworen, seine Frau zu werden, wenn er von seiner Reise zurückkommt und um meine

Hand anhält. Es wäre ein grober Wortbruch, wenn ich mein Versprechen nicht hielte. Und dann kann keine Frau, die einmal mit einem Manne freiwillig zur Kirche gegangen ist, um ihn zu heiraten, ihn später einfach abweisen, wenn er sich nichts zuschulden kommen ließ.«

Diese mit Nachdruck und Überzeugung gesprochenen Worte schienen in Christine einen klareren Begriff von ihrer notwendigen Stellungnahme hervorzurufen, als sie bisher während jener schwankenden Tage gezeigt hatte. Denn als sie mit ihrer Rede zu Ende war, fiel sie vor ihrem Vater auf die Kniee, bedeckte ihr Gesicht mit den Händen und sagte: »Ach, verzeih mir, Vater! Wie durfte ich es tun, ohne dir etwas davon zu sagen! Ich war nicht recht bei Sinnen.«

Als sie aufblickte, sah sie, daß ihr Vater erregt im Zimmer auf und ab schritt. »Du bist im Begriff, dich selbst und uns alle zugrunde zu richten«, sagte er. »Bei Gott, du handelst beinahe ebenso schlecht wie dein Bruder!«

»Ja – vielleicht – ist es wahr.«

»Daß ich der Vater einer so hirnverbrannten Brut sein soll!«

»Ich begreife ja alles. Aber Nicholas ...«

»Nicholas ist ein Schurke!«

»Das ist er nicht!« rief Christine und wandte sich hastig nach ihrem Vater um. »Er ist ebenso gut und ehrenhaft wie du und ich und sonst irgend jemand anders aus unserer Familie oder unserem Stand, – wenn du davon sprichst! Nur daß er – daß er...« Sie hielt inne, da sie fühlte, daß es besser wäre, nicht näher auf diesen Punkt einzugehen. »Wenn du mich kränken willst, Vater«, fuhr sie dann schluchzend fort, »so werde ich ihn noch heute auf seinem Hof aufsuchen und ihn morgen heiraten; ja, das ist mein fester Entschluß!«

»Will ich dich denn kränken?«

»Ich wünsche genau so wie du jede Unschicklichkeit zu vermeiden.«

Sie eilte aus dem Zimmer. Als sie eine Viertelstunde später in der Erwartung zurückkehrte, den Raum leer zu finden, stand er noch immer unbeweglich in derselben Stellung da, wie sie ihn verlassen hatte. Aber seine Miene hatte sich verändert, und er schien sich mit den Ereignissen bereits irgendwie abgefunden zu haben.

»Christine, ich lese eben in der Zeitung eine Andeutung, daß kürzlich hier eine geheime

Trauung stattgefunden habe, und ich will verdammt sein, wenn das nicht auf dich zielt. Aber da das alles nun unvermeidlich ist, so will ich es hinnehmen und mich nicht beklagen. Alle Menschen haben ihr Kreuz, und das ist nun das meinige. Dir aber, Christine, hab ich folgendes zu sagen: Es ist meine Überzeugung, daß du nun Nicholas Long heiraten mußt. Ja, daran ist kein Zweifel! Sonst wird aus dem Gerede noch ein Skandal, das ist meine Meinung. Ich hab mich bemüht, die Sache von der besten Seite anzusehen. Nicholas Long ist ein junger Mann, der über seinen Stand hinaus intelligent und auch äußerlich recht repräsentabel ist. Auch ist er nicht arm, wenigstens sein Onkel nicht. Ich glaub, der alte Bursche könnte mich jederzeit aufkaufen. Immerhin, mehr als die Frau eines Landwirts wirst du nicht werden, soviel ich sehe. Aber wie man sich bettet, so liegt man. Die Eltern machen Pläne, und die Kinder tun, was sie für richtig halten ... Und deswegen sollst du ihn heiraten, und zwar augenblicklich!«

Christine wußte nicht, was sie zu alledem sagen sollte.

»Er ist bereit zu warten, und auch ich will

es gern tun. Wir können zwei bis drei Jahre vergehen lassen, bis er sich die notwendige Bildung erworben hat, die …«

»Du mußt ihn heiraten, und zwar je früher es geschieht, desto besser, – wenn es nun schon einmal sein muß … Und doch, wie gern hätte ich gesehen, daß du James Bellstons Frau geworden wärest! Aber nein, es hat nicht sein sollen!«

»Auch ich wünschte es in gewisser Hinsicht und wünsche es jetzt noch«, antwortete sie ruhig. Seine Mäßigung hatte ihre trotzige Stimmung besänftigt, und sie fühlte sich bereit, mit ihm zu verhandeln.

»In der Tat?« fragte er überrascht.

»Ich sehe ein, daß in den Augen der Welt mein Verhalten tadelnswert war.«

»Hm, – ich freue mich, das zu hören. – Nach meinem Tode wirst du es noch viel klarer erkennen, – und du wirst nicht mehr lange darauf warten müssen, mein ich …«

Sie fühlte sich von Reue ergriffen und küßte ihn ängstlich.

»Sprich nicht so!« rief sie. »Sag mir, was ich tun soll!«

»Laß mich ein oder zwei Stunden allein,

damit ich in Ruhe nachdenken kann. Fahr in die Stadt und zurück – der Wagen steht vor der Tür –, und ich will inzwischen versuchen, einen Ausweg zu finden. Das Essen kann verschoben werden, bis du zurück bist.«

In einigen Minuten hatte sie sich angekleidet, und die Pferde trugen sie den Hügel hinauf, der das Dorf und das zu ihm gehörige Gut von dem nächsten Marktflecken trennte.

5

Eine Viertelstunde später befand sie sich in der Hauptstraße des Ortes, und da sie sonst nichts weiter zu besorgen hatte, trat sie beim Sattler ein und erstand ein Hundehalsband, das sie benötigte. Es war zufällig Markttag, und Nicholas, der verschiedene Geschäfte in der Stadt verschoben hatte, um Christine in den Weiden zu treffen, beeilte sich, am späten Nachmittag noch so rasch wie möglich hinzugelangen, um wenigstens das Dringendste zu erledigen. Als er so der vorgerückten Zeit wegen in größter Eile auf dem Markt eintraf, haftete seiner äußeren Erscheinung noch immer jene gewissermaßen nasse Unordnung an, die ihr aufgefallen war, als er durch den Fluß die Weiden erreicht hatte – eine Nachlässigkeit, die früher kaum je bei ihm vorgekommen war. Als sie aus dem Geschäft trat und, vom Inhaber unter Verbeugungen begleitet, zu ihrem Wagen schritt, bemerkte sie Nicholas, der vor der Fuhrwerkskanzlei stand und mit dem Wagenmeister sprach. Ringsherum stand eine Menge Leute, und diejenigen, die sich in ihrer Nähe befanden, wurden aufmerksam und blickten auf sie. Die schon untergehende Oktobersonne schien ihnen mit ihren letzten Strahlen gerade ins Gesicht, und aus einer Gruppe hörte man deutlich die gemurmelten Worte: »Mrs. Nicholas Long«.

Diese unerwartete Bemerkung, die mit einem gewissen Spott gesagt schien, überraschte Christine derart, daß sie vollkommen verwirrt wurde. Nicholas war inzwischen auf sie zugekommen, obwohl er sie noch nicht bemerkt hatte, da die Sonne ihn blendete. Noch unter dem Eindruck der Unterredung mit ihrem Vater, empfand sie heftigen Ärger darüber, daß er jetzt hier war und diesen Zwischenfall verschuldet hatte. Der Blick, den sie ihm zuwarf, war daher oberflächlich, gleichgültig und fast ein wenig hochmütig; und ihr Ärger über seine Anwesenheit drückte sich deutlich in ihrer Miene aus, als sie sich im Wagen niedersetzte. Anstatt seinen fragenden Blick zu erwidern, wandte sie deutlich den Kopf weg.

Einen Augenblick später tat es ihr leid, ihn so behandelt zu haben; aber er war schon weitergegangen.

Als sie zu Hause angelangt war, fand sie auf ihrem Ankleidetisch einen Zettel folgenden Inhalts vor:

›Ich bin trotz Nachdenken zu keinem neuen Resultat gekommen. Du mußt ihn heiraten, und er kann sogleich auf Reisen gehen, wie es Eure Absicht war. Ich habe ihm schon in diesem Sinne geschrieben. Da ich keinen Appetit habe, brauchst Du mit dem Essen nicht auf mich zu warten.‹

Nicholas war nicht der Mann, Christines Ärger zu übersehen, obwohl er nicht wußte, was alles vorgefallen war. Vielmehr hatte er eigentlich schon einige Zeit etwas Derartiges als möglich erwartet.

›Es geschieht mir recht‹, dachte er, als er auf der Landstraße dahinritt. ›Es war eine Torheit, ja eine Schlechtigkeit von mir, sie dazu zu überreden. Das Opfer war zu groß, zu grausam für sie.‹ Und doch, so sehr er sich bemühte, ihre Partei zu ergreifen, er errötete trotzdem jedesmal vor Zorn, wenn er sich sagte: ›Sie schämt sich meiner.‹

Auf dem Höhenrücken, von dem man auf Froom-Everard hinabblicken konnte, kam ihm einer seiner Nachbarn, ein Viehhändler, in seinem Gig entgegen. Sie hielten an und wechselten einige Worte. Eine flüchtige Bemerkung des Händlers war für Nicholas von großer Bedeutung.

»Als ich eben beim Squire Everard vorsprechen wollte«, sagte der Mann, »hörte ich, daß er mich nicht empfangen könne, weil er kurz zuvor einige sehr schlechte Nachrichten erhalten habe.«

Nicholas ritt nachdenklich weiter, und als er auf seinem Hof anlangte, fand er dort noch andere Dinge vor, die ihm genug zu überlegen gaben. Das Schreiben des Squire war bereits eingetroffen, und obwohl Nicholas zunächst seinen Augen nicht zu trauen glaubte, so erkannte er doch bald die Verachtung, die hinter den Worten des Gutsherrn verborgen lag, und es wurde ihm klar, daß sich dieser bei seiner Zustimmung in einer Zwangslage befunden hatte. Christine wurde ihm in der herausforderndsten und beleidigendsten Weise hingeworfen. Man nahm ihn in Kauf, weil man nicht anders konnte.

Und doch, mit wieviel Achtung hatte er sie und ihre Angehörigen behandelt! Jetzt fiel ihm ein, was vor Jahren einmal ein Freund aus dem Dorfe zu ihm gesagt hatte, als er sah, wie Nicholas' Augen wie verzückt auf die vorübergehende Christine gerichtet waren: »Besser ein kleines Feuer, das dich wärmt, als ein großes, das dich verbrennt. Es kann nichts Gutes für dich von diesen Leuten kommen.« Er ging hinaus auf die Wiese, setzte sich nieder und stellte folgende vier Fragen an sich:

Wie konnte sie, selbst wenn er auf Reisen war, in ihrem Kreise als seine Frau leben, ohne ständig unter der Verachtung aller ihrer Angehörigen und Bekannten zu leiden?

Würde nicht diese Heirat eine vollkommene Entfremdung zwischen Christine und ihrer Familie herbeiführen und sie schon aus diesem Grunde unglücklich machen?

Mußte nicht eine solche Lage auch ihre Neigung für ihn vernichten? Andererseits aber, wenn ihr Vater ihnen die Mittel zur Verfügung stellte und sie als Kolonisten nach Amerika sandte, würde nicht dieses harte Leben in einem fremden Lande bei ihrer empfindlichen Natur genau dieselbe Wirkung auf ihr Verhältnis haben?

Was sie also auch zusammen unternehmen würden, es bedeutete in jedem Falle nur schweres Leid für Christine, und sein Tod wäre eine große Erleichterung für sie gewesen. Ja, es konnte in einem gewissen Sinne nichts anderes als eine Erleichterung für sie sein, ihn tot zu wissen, da sie, wie er ja soeben gesehen hatte, sich seiner schämte. Mit seinem Tode würde diese ganze kleine Episode für sie wie ein Traum dahinschwinden.

Mr. Everard war im Grunde seines Herzens gewiß ein guter Mensch, aber es schien Nicholas unmöglich, sein überstürztes Angebot ernst zu nehmen. Ganz sichtlich hatte er seinen Entschluß im ersten Zorn gefaßt, nachdem er von dem verbreiteten Gerücht gehört hatte. Das Geringste, was er tun konnte, war, in die Welt hinauszugehen und ihr ihre Freiheit zurückzugeben. Denn wenn er nur auf Reisen ging, studierte und dann nach zwei Jahren wieder zurückkehrte, wie es ihr erster zuversichtlicher Plan gewesen war, so hätte das ein starkes Herz von ihrer Seite verlangt, wenn jener große Aufwand an Zeit und Geld gerechtfertigt sein sollte; und darauf zu bauen, schien ihm töricht, nachdem er gesehen hatte, wie ihr Sinn jetzt bereits schwankend geworden war. Aber fortzugehen und viele Jahre nichts mehr von sich hören zu lassen, schien ihm ein guter Ausweg zu sein, da es ihn unabhängig machte und auch ihr selbst keine Fesseln auferlegte. Vielleicht würde es ihm gelingen, auf seinen Reisen ähnliche Leistungen zu vollbringen wie jener Mr. Bellston, von dessen Forschungsergebnissen er so viel gehört hatte.

Lange saß er unbeweglich; der Nebel stieg aus dem Fluß empor und umhüllte ihn gleich einem Pelz; erst legte er sich nur um seine Füße und Knie, dann hob er sich bis zu seinen Armen, und schließlich schlug er über seinem Kopfe zusammen. Als er einen Entschluß gefaßt hatte, kehrte er ins Haus zurück. Er würde unabhängig sein, kostete es ihn auch das Leben, und er würde dadurch Christine frei machen. Seine Abreise war der einzig mögliche

Ausweg. Was er zunächst tun mußte, war jetzt, seinen Onkel von seinem Entschluß zu verständigen.

Zwei Tage später stand Nicholas fast um dieselbe Stunde an derselben Stelle auf der Wiese. Aber nun war kein Nebel mehr vorhanden: ein stürmischer Herbstwind hatte die stillen, goldenen Tage und die nebeligen Nächte weggeblasen, und auch er ging nun entschlossen einen anderen Weg. Als er zuletzt die Wiese betreten hatte, war er ein Bewohner des Froom-Tales gewesen; in achtundvierzig Stunden hatte er sich von allem, was ihn umgab, gelöst, als hätte er niemals dazu gehört. Nichts mehr war von diesen Dingen sein Besitz als der Koffer, den er in der Hand trug.

Während er seine Vorbereitungen für die Reise getroffen hatte, war in ihm unbewußt stets noch eine törichte schwache Hoffnung gewesen, daß sie ihm eine Nachricht schicken und auf sanfte weibliche Art versuchen werde, die Entfremdung zwischen ihnen wieder gutzumachen. Aber keine Zeile war von ihr gekommen, und er hatte erkennen müssen, daß ihre neue Stellungnahme nun endgültig war. So hatte er den unzweideutigen Beweis gewonnen, daß sein Entschluß, sie freizugeben, richtig war.

Er schritt durch die Weiden, gelangte im Schutze der Dunkelheit bis zum Gartentor des Hauses und schob den Brief durch den Spalt. Er teilte darin Christine seine Abreise mit und begründete sie mit seiner Überzeugung, daß sie sich seiner schäme und er ihr nichts als eine Last sei. Über das Ziel und die Dauer seiner Reise sagte er nichts.

Dann nahm er seinen Weg über die Landstraße, der er mehrere Meilen in nordöstlicher Richtung folgte. Noch immer grübelte er, während er vor sich hin schritt, über die Ereignisse der letzten Tage nach und fragte sich, warum er überhaupt noch einmal zurückkehren solle. Bei Tagesanbruch stand er auf dem Hügel über Shottsford Forum und wartete auf einen Wagen, der um diese Zeit gegen Melchester und London fuhr.

6

Ungefähr fünfzehn Jahre, nachdem diese Ereignisse sich abgespielt hatten, traf in Roy Town, einem kleinen Ort an der alten, nach dem Westen führenden Chaussee, der fünf Meilen von Froom-Everard entfernt war, ein Mann ein, der in fernen Ländern gelebt und viele fremde Städte und Menschen gesehen hatte, und nahm in dem kleinen und einsam gelegenen ›Gasthof zum Bockskopf‹ ein Zimmer. Obwohl er noch kaum im mittleren Alter stand, begann doch sein Haar bereits grau zu werden, und Farbe und Linien seines Gesichts verrieten, daß er lange in tropischen Gegenden oder unter einem harten Klima gelebt haben mußte und daß ihn auch Krankheiten und Leiden nicht verschont hatten. Er achtete wenig darauf, was um ihn vorging, und schien stets nur mit allerlei Gedanken beschäftigt, die seine Aufmerksamkeit voll in Anspruch nahmen. Denn Nicholas Long war seit seiner Ankunft ganz von neuem alten Hoffnungen und Befürchtungen hingegeben, – derselbe Mann, den es einstmals nicht bekümmert hatte, für immer aus der Geschichte seiner Heimat gestrichen zu werden. In der Abenddämmerung verriet sich in seiner Miene ein sehnsüchtiger Zug, den auch jener wohleingeübte Ausdruck von Unbekümmertheit nicht verwischen konnte, der sonst auf seinem von den Abenteuern der Welt durchfurchten Gesicht zu sehen war.

Der ›Gasthof zum Bockskopf‹ war eigentlich nicht der richtige Ort für einen Mann von seiner Art, da vier Meilen weiter sich ausgezeichnete Herbergen in Casterbridge befanden. Bevor Nicholas seine Heimat verlassen hatte, war das Haus eine vielbesuchte alte Schenke gewesen, in der allerlei zweifelhafte Reisende, Ausrufer und Jäger ihre Pferde gewechselt hatten; aber nun war es ein recht dumpfes und kaltes Gebäude; die Dächer der Ställe wiesen Löcher auf, der Wirt litt an Asthma, und der Verkehr war andere Wege gegangen.

Er kam am Nachmittag an, und nachdem er den Wagen zurückgeschickt und ein zweifelhaftes Mahl zu sich genommen hatte, stellte er mit gleichgültiger Miene einige Fragen an die Kellnerin.

»Der Squire Everard, der Besitzer von Froom-Everard, ist schon einige Jahre tot, wie ich vermute?«

Sie bejahte die Frage.

»Und leben noch Mitglieder der Familie hier?«

»O nein, Sir! Sie haben das Gut verkauft – ich meine, der Sohn des Squire tat es – und zogen weg. Ich hab niemals gehört, wo sie eigentlich hin sind. Es war ganz aus mit ihnen.«

»Und von dem jungen Fräulein, der Tochter des Squire, haben Sie auch niemals etwas gehört?«

»Nein. Sie müssen wissen, daß das alles war, ehe ich hierher kam.«

Als das Mädchen gegangen war, schob Nicholas seinen Teller beiseite und starrte zum Fenster hinaus. Er war durchaus nicht allein Christines wegen hierher gekommen, aber der Gedanke an sie hatte seinen Entschluß, seine Heimat wiederzusehen, bedeutsam mitbestimmt. In jedem Falle wollte er nun selbst den Ort aufsuchen, da er einmal so nahe war, anstatt Leute zu fragen, die ihm wahrscheinlich nur eine falsche Auskunft gaben. Was ihm aber besonders am Herzen lag, danach hatte er bisher noch nicht geforscht, ob nämlich Christine geheiratet hatte, bevor die Familie weggezogen war. Er hatte in sich eine seltsame und törichte

Furcht gefühlt, daß seine Hoffnungen dadurch mit einem Schlage zerstört werden könnten. Immerhin war die Nachricht von dem Verschwinden der Everards, die er soeben erhalten hatte, übel genug.

Er erhob sich, nahm seinen Hut und stieg den Hügel hinauf, der diese Gegend vom jenseitigen Tal trennte. Der erste vertraute Gegenstand, den er erblickte, war ein dunkler Fleck am Himmel, eine Gruppe von Bäumen, die sich auf einer Anhöhe über einem noch weiter entfernten Plateau erhob. Von dort aus – so hatte er es sich in seiner Jugend stets vorgestellt – war es möglich, bis nach Amerika zu sehen. Er überquerte die Hügelkuppe und erblickte das Tal, einen grünlichgrauen Streifen, der noch so still und heiter dalag, als habe er Nicholas nicht allzusehr vermißt. Warum aber sollte er noch an diesem Abend hinuntergehen, wenn Christine nicht mehr da war? Sein Onkel und seine Tante waren tot, und am nächsten Tag würde er noch Zeit genug haben, nach entfernteren Verwandten zu forschen. So beschloß er also, umzukehren und seinen Gasthof wieder aufzusuchen.

Auf dem Rückweg erblickte er nun die Gestalt einer Frau, die eine Zeit lang hinter ihm gegangen war; und als sie einander näher kamen, fühlte er, wie ihm das Herz plötzlich zu klopfen begann. Trotz der vielen Jahre, die inzwischen vergangen waren, glaubte er doch in den Linien jener Frau die Gestalt Christines zu erkennen.

Nicholas hatte es sich nicht nehmen lassen, Christine sogleich von seiner Ankunft zu verständigen, als er am Tage vorher in Southampton gelandet war, und den Brief auf gut Glück nach Froom-Everard gesandt, ohne ihr jedoch darin mehr mitzuteilen, als daß er am nächsten Nachmittag im ›Gasthof zum Bockskopf‹ eintreffen werde. Später hatte die Bemerkung der Kellnerin, daß die Everards weggezogen seien, alle Hoffnung in ihm zerstört, Christine je wiederzusehen. Aber da war sie nun, trotz alledem.

So also begegneten sie einander, an einem Teich, der am Abhang des Hügels lag, gerade als ob ihr Zusammentreffen sorgfältig vorbereitet gewesen wäre.

Sie schlug ihren Schleier zurück, und er bemerkte, daß sie noch immer schön war, wenn auch die Jahre nicht spurlos an ihr vorübergegangen waren; ein wenig reifer, ein wenig schlichter sah sie aus. Oder schien es ihm nur so, weil er, der Vielgereiste, weniger schlicht war als früher? Schlichtheit war ja nur ein relativer Begriff. Ihre Züge hatten sich so entwikkelt, daß sie jeder sogleich als interessant bezeichnet hätte. Sie war ernst und unauffällig gekleidet, und das erinnerte ihn daran, daß sie einstmals stets so duftig und heiter angezogen war. Auch darin war der Schatten der Jahre spürbar.

»Ich erhielt deinen Brief«, begann sie, als sie beide die erste Verwirrung überwunden hatten, »und nahm mir vor, einen Spaziergang über den Hügel zu machen, da der Tag so schön war. Eben komme ich aus dem Gasthof, wo man mir sagte, daß du ausgegangen seiest. Jetzt bin ich auf dem Nachhauseweg.«

Er hörte kaum auf ihre Worte, obwohl er die ganze Zeit keinen Blick von ihr wandte.

»Christine«, sagte er, »nur ein Wort! Bist du frei?«

»Ich – ich bin es in einem gewissen Sinne«, erwiderte sie errötend. Diese Erklärung überwältigte ihn. Der lange Zeitraum, der zwischen jetzt und damals lag, schien mit einem Male verschwunden zu sein, und von einem Gefühl gepackt, das er fünfzehn Jahre lang in sich bekämpft hatte, ergriff er ihre Hände und zog sie an sich.

Sie fuhr zurück, und ihre Haltung wurde fast förmlich. »Ich muß dir sagen«, stieß sie hervor, »daß ich verheiratet war.«

Nicholas Longs rosiger Traum nahm augenblicklich eine graue Färbung an.

»Ich heiratete erst viele Jahre später, nachdem du uns verlassen hattest«, fuhr sie in dem Tonfall eines Menschen fort, der sich einer Schuld bewußt ist. »Ach, Nick, warum bist du so lange weggeblieben?«

»Wen hast du geheiratet?«

»Mr. Bellston.«

»Ich hätte darauf gefaßt sein müssen.« Er wollte hinzusetzen: ›Und ist er tot?‹, aber er bezwang sich. Ihre Kleidung deutete zweifellos auf ihre Witwenschaft hin, und überdies hatte sie ja gesagt, daß sie frei sei.

»Ich muß nun nach Hause«, meinte sie. »Es war meine Pflicht, dir jetzt entgegenzukommen, da ich mich dir gegenüber durch mein Verhalten vor fünfzehn Jahren schuldig fühlte.«

»Daran erkenne ich dich! Du hast immer groß gedacht! Ich werde ein Stück mit dir gehen, wenn du erlaubst. Wo wohnst du jetzt, Christine?«

»Noch immer in demselben Haus, aber nicht mehr in derselben Stellung. Ich habe nur einen Teil gemietet. Der Mann, der jetzt das Grundstück in Pacht hat, hatte keine Verwendung für alle Räume, und so erlaubte mir der Besitzer, mir einige Zimmer auszuwählen. Ja, Nicholas, ich bin jetzt arm und habe fast niemand mehr auf der Welt. Mein Bruder verkaufte das Gut, als es nach dem Tode meines Vaters an ihn fiel, und der neue Besitzer verwandelte unser Haus in einen Bauernhof. Solange mein Vater noch lebte, wohnten mein Mann und ich bei ihm, so daß ich diese Gegend niemals verlassen habe.«

Sie war arm. Das und die Änderung des Namens erklärte zur Genüge, warum die Kellnerin nichts von Christines Anwesenheit in ihrem alten Hause gewußt hatte.

Es war finster geworden, und noch immer ging er an ihrer Seite. Der Kopf einer Frau wurde auf dem Abhang, den sie hinunterschritten, sichtbar. Als sie näher kamen, bat

Christine Nicholas umzukehren. »Es ist die Frau des Pächters«, sagte sie. »Sie hat sich angewöhnt, nach mir auszusehen und mir entgegenzukommen, sooft ich einen längeren Weg vorhabe und von der Dunkelheit überrascht werde. Ich muß jetzt alle meine Wege zu Fuß gehen.«

Als die Frau des Pächters bemerkte, daß Christine nicht allein war, blieb sie stehen, und Nicholas sagte: »Liebste Christine, wenn auch dir die Mittel fehlen, so bin ich doch wenigstens nicht ohne Vermögen, und worüber ich verfüge, darüber sollst auch du verfügen. Man sagt, daß rollende Steine kein Moos ansetzen, aber manchmal pflegen sie statt dessen Gold an sich zu ziehen. Ich war einer der ersten, der in die neuentdeckten Goldfelder hinauszog, und ich erwarb mir dort ein für meine Begriffe ansehnliches Vermögen. Dann aber, was noch mehr ist, verstand ich es auch, mein Geld zu bewahren, und schickte mich bereits an, nach Hause zurückzukehren, als ich plötzlich die Nachricht vom Tode meines Onkels erhielt. Da änderte ich meinen Plan, ging auf Reisen, legte mein Geld gewinnbringend an und vergrößerte so mein Vermögen. Laß mich nun, ehe wir uns trennen, noch einige Worte sagen: Du standest einmal mit mir vor dem Altar, und deswegen spreche ich weniger umständlich, als ich es sonst vielleicht getan hätte. Ich frage dich also, ehe wir auseinandergehen, ob noch einmal jemand sich zwischen uns drängen soll. Oder wollen wir nun endgültig die Vereinigung vollziehen, die wir vor fünfzehn Jahren planten?«

Sie zitterte, ganz so wie damals bei jener Szene in der Kirche, die er ihr in Erinnerung gerufen hatte. »Ich kann dir in diesem Augenblick nicht antworten, Nicholas«, erwiderte sie. »Ich habe dir noch vieles zu sagen und zu erzählen, was ich dir bei unserem heutigen Gespräch verschwieg, um unser erstes Zusammensein nicht zu trüben.«

»Ja, ja, aber...«

»Es ist weit mehr, als du nach der kurzen Erklärung wissen kannst, die ich dir vorhin gab. Dränge mich also jetzt nicht, Nick. Ich bin dir noch immer gut, sonst wäre ich heute nicht zu dir gekommen. Das ist alles, was ich dir jetzt sagen kann.«

»Gut denn, Liebste! Und wann darf ich zu dir kommen?«

»Ich werde dir schreiben und eine Zeit bestimmen. Du sollst dann alles und jedes erfahren.«

So nahmen sie Abschied voneinander, und Nicholas fühlte, daß er nicht umsonst hierher gekommen war. Als Christine und die Frau des Pächters in der Dunkelheit verschwunden waren, kehrte er in seine Herberge zurück, wo er es sich so bequem machte, wie es in dieser verlassenen Schenke aus den Tagen seiner Kindheit möglich war. Er vermißte an diesem Abend ihre Anwesenheit mehr als während der ganzen fünfzehn Jahre, und es schien ihm, als sei er bisher überhaupt nicht von ihr getrennt gewesen, sondern habe ohne Unterbrechung stets in ihrer Nähe geweilt. Der Ton ihrer Stimme hatte Gefühle in ihm wachgerufen, die bisher in ihm verborgen gewesen waren, seit er sie zum letzten Male gehört hatte. Von neuem stand ihr Bild als das einer Frau vor ihm, die er stets wie eine Göttin verehrt hatte. Ihre Mitteilung, daß sie einem anderen angehört habe, bereitete ihm eine gewisse Enttäuschung, und er sah sie nun nicht mehr ganz mit denselben Augen an, mit denen er sie zunächst betrachtet hatte. Aber er mußte ihr ihre Heirat mit Bellston verzeihen. Was konnte er nach fünfzehn Jahren anderes erwarten?

Am nächsten Morgen erhielt er einen kurzen Brief von ihr, in dem sie ihre Erklärung vom vorhergehenden Tage wiederholte, daß es nämlich ihr Wunsch sei, ihm ihre Lage klar auseinanderzusetzen und mit ihm in Ruhe zu überlegen, was unter den gegebenen Umständen getan werden könne. Und sie fragte, ob er am Sonntagnachmittag zu ihr kommen wolle, da sie um diese Zeit bestimmt allein sei.

›Was für ein Weltmann bist du doch geworden, Nick!‹ fuhr sie dann in ihrem Brief fort. ›Ich dachte, ich würde in dir meinen ländlichen Freund von ehemals wiederfinden. Aber statt dessen fühlte ich mich in der Gegenwart eines so erfahrenen Mannes fast eingeschüchtert. Jetzt scheine ich dir vielleicht einfach und unwissend, während du mir damals so erschienen bist!‹

Liebe, scherzhafte Worte – die ganze alte Christine war in ihnen. Sie hatte den Sonntagnachmittag für seinen Besuch bestimmt, aber jetzt war es erst Sonnabend früh. Er wünschte, daß er sie heute schon hätte sehen können.

Die kurze Begegnung hatte seine Neigung, die bereits fast erstorben war, zu einer plötzlichen Glut entfacht. Was immer sie ihm über ihre Lage erzählen würde – es mochten wohl schwierige Verhältnisse sein, unter denen sie lebte –, er konnte sie nicht mehr verlassen. Ob sie nun Miß Everard oder Mrs. Bellston war – was lag ihm daran? Für ihn blieb sie die alte Christine.

Den ganzen Sonnabend verließ Nicholas die Herberge nicht. Er fühlte kein Bedürfnis, irgend etwas zu sehen oder irgend etwas anderes zu tun, als auf die kommende Unterredung zu warten. So rauchte er, las die Lokalzeitung von der vergangenen Woche und verkroch sich in die Ecke beim Kamin. Abends aber glaubte er es nicht länger im Hause aushalten zu können, und da nahezu Vollmond war, ging er in derselben Richtung wie am vorhergehenden Tag den Hügel hinauf, um sich das ihm wohlbekannte Dorf und die Landschaft ein wenig anzusehen und unter dem Schutz der Dunkelheit ein wenig in der Nähe ihres Hauses umherzustreifen.

Mit einem tüchtigen Stock in der Hand legte er die fünf Meilen über den Hügel in verhältnismäßig kurzer Zeit zurück. Seit er hier vor fünfzehn Jahren gegangen war, hatte er viele seltsame Länder gesehen und war auf vielen seltsamen Wegen geschritten; aber als er nun durch die Nacht vorwärts eilte, schien er sich selbst noch der alte Nicholas Long zu sein und irrte nicht ein einziges Mal von dem gesetzten Ziel ab. Als er über die Wiesen hinabstieg, verwunderte es ihn sehr, daß mehrere alte Stege, die über die verschiedenen Wasserläufe geführt hatten, nun entfernt worden waren; aber es gelang ihm schließlich doch, hinüberzukommen, und er schritt durch das Dorf, ohne ihr Haus zu berühren, damit sie nicht glaube, er beachte die von ihr festgesetzte Stunde nicht.

Er trat auf den Friedhof und besuchte zuerst die Gräber seiner beiden Verwandten, die während seiner Abwesenheit gestorben waren. Dann betrachtete er die Grabsteine anderer Dorfbewohner, die er noch gut gekannt hatte, und allmählich fühlte er sich gleichsam im Kreise der älteren Bevölkerung Froom-Everards, wie sie ihm noch gut in Erinnerung war.

Hier lagen sie nun still nebeneinander, wie

sie einst nebeneinander gelebt hatten, als er noch jung war. Alle zusammen waren sie hier hinausgezogen.

Aber so sehr er sich bemühte, er konnte kein Grab eines Mr. Bellston finden, obwohl es doch hier hätte sein müssen, da er im Herrenhaus gelebt hatte. Ja, um die Wahrheit zu sagen: es lag Nicholas gerade an diesem Grab mehr als an irgendeiner anderen Sache, denn er hätte um jeden Preis gern erfahren, wie lange Christines Gatte schon tot war. An einem Schimmer, der durch die Scheiben der Kirche drang, erkannte er, daß jemand dort für den morgigen Sonntagsgottesdienst aufräumte; er trat ein und betrachtete die Wände, so gut dies bei der schwachen Beleuchtung möglich war. Aber nirgends war eine Erinnerungstafel an Mr. Bellston zu sehen, obwohl er eine bemerkte, die dem Andenken des Squire Everard gewidmet war.

Nicholas sprach den jungen Mann an, der damit beschäftigt war, die Kirche auszukehren. »Ich habe keinen Grabstein und keine Tafel für den verstorbenen Mr. Bellston finden können?«

»Schon recht, Herr«, erwiderte trocken der

junge Mann. »Ich glaube auch kaum, daß Sie so etwas finden werden.«

»Aber warum denn?«

»Weil er nicht hier begraben worden ist. Er hat gar kein richtiges christliches Begräbnis gehabt, soviel wir wissen. Ja, am Ende ist er wahrscheinlich überhaupt nicht begraben worden ... Denn, unter uns gesagt, ich glaub, daß er vielleicht noch am Leben ist.«

Nicholas fuhr es kalt über den Rücken. »Ah!« meinte er nur.

»Dann sind Ihnen also die näheren Umstände nicht bekannt?«

»Ich bin ein Fremder hier, wenigstens, was die letzten Jahre betrifft.«

»Mr. Bellston war von Beruf Forschungsreisender, – vielleicht haben Sie seinen Namen schon einmal in diesem Zusammenhang gehört?«

»Ja, ich glaube mich zu erinnern.« Nicholas fiel jetzt ein, daß gerade diese Neigung Mr. Bellstons damals seine eigene Unternehmungslust erweckt hatte.

»Als er heiratete und hierher kam, um mit seiner Frau und seinem Schwiegervater auf dem Gut zu leben, sagte er, er würde nie mehr reisen. Aber nach einiger Zeit konnte er das Stillsitzen nicht länger ertragen, und auch ihrer wurde er bald überdrüssig – er war alles andere als ein guter Ehemann –, und eines Tages ergab er sich von neuem seiner alten Leidenschaft und ging auf Reisen, und zwar mit ihrem Gelde. Man munkelt, daß er sich ins Innere Asiens begeben habe, in die allerwüstesten Gegenden, die noch von keinem menschlichen Fuß betreten worden seien, und dort habe man ihn ermordet, wie gesagt wird; aber niemand weiß Gewisses darüber. Das alles ist nun schon neun Jahre her, und deswegen kann er im Prinzip als tot betrachtet werden, trotz alledem. Seine Witwe lebt in sehr dürftigen Verhältnissen, denn ihr Bruder und ihr Mann haben ihr kaum das Notwendigste gelassen.«

Nicholas kehrte in seine Herberge zurück, ohne das Haus Christines noch einmal gesehen zu haben. Das also war es, was sie ihm zu erklären wünschte. Mr. Bellston war nicht tot, sondern nur verschollen. Wie hatte er hoffen können, daß der erste Schein von Glück, der ihn in seinem Leben getroffen, seinen Glanz rein bewahren werde? Sie hatte ihm erzählt, daß sie frei sei; und gesetzlich war sie es, daran war kein Zweifel. Überdies glaubte er aus der Art, mit der sie ihm entgegengekommen war, schließen zu können, daß sie trotz der Unsicherheit über den Tod ihres Gatten eine Verbindung mit ihm wohl wagen würde. Selbst wenn der Gatte noch am Leben war, so machte es sein Charakter wenig wahrscheinlich, daß er noch einmal von sich hören lassen würde. Ein Mann, der es über sich gebracht hatte, das Geld seiner Frau zur Befriedigung seiner Abenteuerlust zu verbrauchen, würde nicht den Wunsch in sich spüren, ihre ärmliche Existenz nach einer so langen Frist von neuem zu stören. Die Nachricht war also nicht so schrecklich, wie sie ihm zuerst geschienen hatte. Aber konnte er denn überhaupt daran denken, Christine jetzt noch aufzugeben?

7

Zwei Monate später, als das Jahr sich bereits seinem Ende näherte, fand sich Nicholas als Mieter und Bewohner eines geräumigen Hauses in dem kleinen nahe bei Froom-Everard gelegenen Städtchen. Da es bald bekannt wurde, daß er nicht nur ein Mann von Vermögen und trefflichem Charakter, sondern auch noch dazu ein Junggeselle war, so war das Interesse, das ihm seine Nachbarn – Väter, Frauen und Mädchen – entgegenbrachten, sehr lebhaft. Aber Nicholas nahm von alledem keine Kenntnis und beschränkte sich darauf, zweimal in der Woche Christine in ihrem Heim aufzusuchen, das man ihr in einem Flügel des ehemaligen Herrenhauses eingeräumt hatte. Den Weg legte er stets zu Fuß zurück, weil er dem Pächter, der nur über wenige Arbeitskräfte verfügte, nicht die Sorge für ein Pferd aufbürden wollte.

Die beiden hatten lange hin und her überlegt, waren dann zu einem Rechtsanwalt gegangen, hatten neuerlich alle Möglichkeiten erwogen und schließlich den Entschluß gefaßt, sich mutig in das Unternehmen zu stürzen. »Wer wagt, gewinnt!« hatte Christine in einem zuversichtlichen Ton, der ein wenig an ihre frühere Kühnheit erinnerte, gesagt.

Mit fast unnötiger Gewissenhaftigkeit sorgten sie dafür, daß ihre Absicht allgemein bekannt wurde. Christine allerdings war zuerst gegen eine Veröffentlichung gewesen; aber Nicholas hatte sie überzeugt, daß eine gewisse Unerschrockenheit nur gute Folgen haben würde. Er war wie alle seine Bekannten überzeugt, daß Christine Witwe sei, und legte ihr dar, daß eine Aufforderung an den verschollenen Mann, sich zu melden, falls er noch am Leben sei, jede törichte und unnütze Kritik unterdrücken würde, die nach ihrer Verheiratung von dieser oder jener Seite erhoben werden könnte. So kamen sie überein, in den Zeitungen von Wessex eine Ankündigung erscheinen zu lassen, daß ihre Hochzeit an einem bestimmten Tage des Monats Dezember gefeiert werden würde.

Sein regelmäßiger Gang zu ihr durch den südlichen Teil des Tales war mit das Schönste, was er bisher überhaupt erlebt hatte. Die gelben Blätter, die rings um ihn zu Boden fielen, die feuchten Wiesen zu seiner Linken und die Frau, die er liebte und die ihn hinter all diesen Dingen erwartete, versprachen ihm für die Zukunft ein ungetrübtes Glück, soweit menschliche Einsicht es voraussehen konnte. War er dann an seinem Ziel angelangt, so saßen sie zusammen in dem Raum, den sie ihr Empfangszimmer nannte und der ihr auch als Wohnzimmer dienen mußte. Dort befanden sich die einzigen Gegenstände, die ihr von der ehemaligen Einrichtung des Hauses geblieben waren, ihr Klavier und eine alte Uhr, die früher am anderen Ende des Hauses gestanden hatte. Bevor es dann ganz dunkel wurde, standen sie oft beide Hand in Hand am Fenster und sahen über den flachen Rasen bis zu einer dunklen Baumgruppe hinüber, die ihnen eine weitere Aussicht verstellte.

»Wünschtest du, Liebste«, fragte er sie eines Abends, »hier noch die Herrin zu sein?«

»Keineswegs«, erwiderte sie fröhlich. »Ich bin mit meinem Zimmer, meinem Feuer und meinem Freunde vollkommen zufrieden. Auch habe ich an die Zeit, die ich hier zuletzt als Herrin verbrachte, keine gute Erinnerung. Es war die Strafe, die ich für meine Untreue erdulden mußte. Nick, sag, kannst du mir wirklich verzeihen?«

So ereignislos und still verflossen noch viele Tage, bis endlich der dreiundzwanzigste Dezember, der Vortag der Hochzeit, herankam. Nicholas hatte für diesen Abend seinen Besuch bei ihr etwas später als gewöhnlich angesetzt, weil er sich noch einmal überzeugen wollte, ob alle Vorbereitungen für die Feierlichkeit und für ihren Umzug in sein Haus richtig getroffen wären. Denn es war seine ständige Sorge gewesen, den Haushalt, dem sie nun vorstehen sollte, so gut wie möglich einzurichten, um ihr künftig die Erfüllung ihrer häuslichen Pflichten möglichst zu erleichtern.

Es war verabredet worden, daß er zu einem frühen Abendessen kommen sollte, das Christine, weil es unter den augenblicklichen Verhältnissen nicht gut möglich war, an Stelle eines Hochzeitsfrühstücks zu bereiten wünschte. Ungefähr eine Stunde nach dem Einbruch der Dunkelheit trat die Frau des Pächters, die in dem anderen Teil des Hauses wohnte, in das ›Empfangszimmer‹ Christines und begann das Tischtuch aufzulegen.

»Soll ich nicht anfangen, den Schinken anzuschneiden und die Blutwurst aufzustellen?« fragte sie. »Ich glaub, ich werde grad fertig damit, bis er kommt.«

»Ja«, erwiderte Christine und sprang auf, »ich werde selbst den Tisch decken, damit Sie in der Küche ungestört sind.«

»Ich dank Ihnen schön, Madam! Es ist ja sicherlich heut der letzte Abend, daß Sie solche Arbeiten machen müssen. Ich hab immer gewußt, daß eine so feine Dame wie Sie nicht lang so ärmlich würde leben müssen.«

»Es dauerte lange genug, Mrs. Wake! Und wenn er nicht gekommen wäre, so hätte es bis an mein Lebensende gedauert.«

»Aber schließlich kam er doch!«

»Ja. Aber nun will ich sogleich das Tischtuch auflegen.«

Mrs. Wake kehrte in die Küche zurück, und Christine begann den Tisch zu decken. Sie empfand eine große Freude darüber, so mit eigener Hand alles für ihr gemeinsames Mahl vorbereiten zu können. Jedem Gegenstand wies sie nach langer Überlegung und mit künstlerischer Gewissenhaftigkeit seinen Platz zu, als ob ein Unterschied von zwei oder drei Zentimetern eine Frage von Bedeutung gewesen wäre. Endlich stellte sie noch zwei Kerzen an den gehörigen Stellen auf und setzte sich dann an den Kamin.

Mrs. Wake trat nochmals herein und betrachtete den gedeckten Tisch. »Wie wärs, wenn Sie noch eine oder zwei Kerzen aufstellten, Madam?« fragte sie. »Es würde sich freundlicher machen. Vielleicht vier im ganzen?«

»Vortrefflich!« sagte Christine, und vier Kerzen wurden angezündet. »Wahrhaftig«, fügte sie dann hinzu, während sie die Wirkung prüfte, »ich bin so sehr an Sparsamkeit gewöhnt, daß ich mir geradezu verschwenderisch vorkomme.«

»Ach, Sie werden in Ihrem neuen Haus bald vierzig Kerzen ganz in Ordnung finden! Soll ich, wenn er kommt, das Essen gleich hereinbringen?«

»Nein, erst in einer halben Stunde! Und dann, Mrs. Wake, ich weiß, daß Sie und Betsy in der Küche zu tun haben. Wenn er also klopft, so bemühen Sie sich nicht hin! Ich werde selbst öffnen.«

Wieder befand sie sich allein, und da sie noch einige Zeit bis zur verabredeten Stunde hatte, so ging sie zum Feuer und blickte in den über dem Kaminsims aufgehängten Spiegel. Als sie nachdenklich eine Locke über ihrer Schläfe zurecht strich, bemerkte sie eine kleine Narbe. Diese Narbe hatte ihre Geschichte. Der entsetzliche Charakter ihres verstorbenen Gatten – diese plötzlichen Ausbrüche von Jähzorn, die sogar Erregungen freundlicher Art bei ihm wie Wutanfälle erscheinen ließen – hatte dazu geführt, daß er sie einmal im Zorn mit dem Stein, den er in seinem Ring trug, auf diese Art verletzt hatte. Später freilich hatte er alles als einen unglücklichen Zufall hinzustellen versucht. Aber Christine war eine Frau und behielt ihre eigene Meinung über die Sache.

Dann wandte sie sich um und blickte auf den Tisch und die Kerzen, die, wie Sinnbilder der vier Evangelisten, von jeder Ecke des Tisches her ihr Licht ausstrahlten. Sie sahen fast zu stolz und zuversichtlich aus, dachte Christine. Durch einen Blick auf die Uhr, die nur deshalb im Zimmer stand, weil auf dem Gang draußen kein Platz war, überzeugte sie sich, daß es auf sieben Uhr ging, während sie Nicholas erst gegen halb acht erwartete. Sie liebte die Gesellschaft dieses verehrungswürdigen alten Stückes: ihr Ticken und Schnurren war in ihrem einsamen Leben für sie eine Art Gespräch. Gerade jetzt begann sie die Stunde zu schlagen. Als der letzte Ton verhallt war, ertönte ein kratzendes Geräusch, und ohne daß sie sonst noch irgendwie gewarnt worden wäre, neigte sich die Uhr plötzlich nach vorn und fiel mit lautem Krach zu Boden.

Durch den Lärm aufmerksam gemacht, stürzte die Frau des Pächters herein. Christine war vor Schreck beinahe fassungslos. Mrs. Wakes Frage, was geschehen sei, beantwortete sich von selbst durch den Anblick, der sich ihr darbot.

»Wie geschah es?« fragte sie dann.

»Ich weiß es selbst nicht. Wahrscheinlich war sie nicht ordentlich befestigt. Wie leid mir das tut! Es war die Uhr, die in der Halle stand, als mein Vater noch lebte. Jetzt wird sie wohl zerbrochen sein.«

Mit Hilfe der Frau stellte Christine die Uhr wieder auf. Das Glas war natürlich vollkommen zersplittert, aber sonst schien der angerichtete Schaden nicht groß zu sein. Sie stützten sie vorläufig von außen, obwohl sie nicht wieder in Gang zu bringen war.

Christine hatte bald ihre Fassung zurückgewonnen, aber sie bemerkte, daß Mrs. Wake düster dreinsah. »Hat es etwas zu bedeuten, Mrs. Wake?« fragte sie. »Vielleicht gar etwas Schlimmes?«

»Es deutet auf den gewaltsamen Tod eines Familienmitgliedes hin.«

»Sagen Sie nicht so etwas! Sie wissen, daß ich an solche Dinge nicht glaube; und erwähnen Sie auch nichts Mr. Long gegenüber, wenn er kommt! Er ist in diesem Augenblick noch kein Familienmitglied, wie Sie wissen.«

»O nein, es kann sich nicht auf ihn beziehen«, antwortete Mrs. Wake nachdenklich.

»Irgendein entfernter Vetter vielleicht«, bemerkte Christine, die ebenso bemüht war, die Frau wieder aufzuheitern wie sich selbst von einer unbestimmten Furcht zu befreien, die das Ereignis in ihr wachgerufen hatte.

»Und wie steht es mit dem Essen, Mrs. Wake?«

»In einer Dreiviertelstunde ist es fertig.«

Mrs. Wake verließ das Zimmer, und Christine setzte sich von neuem an den Kamin. Obwohl es erst ein Viertel acht war und sie Nicholas nicht vor einer Viertelstunde erwarten konnte, so begann sie doch bereits ungeduldig zu werden. Die Stille war nahezu quälend, seit das gewohnte Ticken fehlte. Aber sie mußte nicht so lange warten, wie sie gefürchtet hatte;

draußen vor dem Haus wurden Schritte hörbar, und es klopfte an der Tür.

Christine eilte hinaus, um zu öffnen. Vor dem Eingang hing keine Lampe, aber es war doch noch gerade hell genug, die Umrisse eines Mannes erkennen zu lassen. »Du bist früher gekommen, als ich dich erwartete!« rief sie fröhlich. »Ich freue mich sehr darüber!«

»Ich bitte um Verzeihung, – es ist noch nicht Mr. Bellston selbst, nur ein Bote, der seinen Koffer und Mantel bringt; er kommt aber bald nach.«

Die Stimme war nicht die ihres Nicholas, und auch die Mitteilung war seltsam. »Ich – ich verstehe nicht recht. Mr. Bellston?« fragte sie mit schwacher Stimme.

»Ja, Madam. Ein Herr, den ich nicht kannte, gab mir diese Sachen auf dem Bahnhof in Casterbridge mit der Weisung, sie nach Froom-Everard zu bringen und dort zu bestellen, daß er soeben eingetroffen sei, aber im Augenblick noch nicht nachkommen könne. Im Laufe des Abends werde er jedoch bestimmt hier sein.«

Sie sank auf einen Stuhl. Der Mann stellte einen kleinen, abgenutzten Koffer auf den Boden, hängte den Mantel über einen Sessel und sagte, während er den Blick durch das Zimmer und über den festlich beleuchteten Tisch schweifen ließ:

»Wenn Sie enttäuscht sind, daß Ihr Gatte – denn ich nehme an, daß er es war – nicht gekommen ist, so kann ich Ihnen versichern, daß er bald hier sein wird. Er wollt sich, wie ich glaub, nur noch rasieren lassen, weil er sah, daß es bereits notwendig war. Außerdem trug er mir noch auf, Ihnen zu melden, daß er von den Neuigkeiten in Irland gehört habe und daß er schon früher hätte kommen wollen, zumal weil ihn das Gesetz dazu zwinge. Aber er sei durch das schlechte Wetter daran gehindert worden, da er die Überfahrt auf einem Segelschiff gemacht habe. Was das für Neuigkeiten seien, sagte er nicht.«

»Ja, ja«, stammelte sie. Es war kein Zweifel, daß der Mann von ihrer beabsichtigten Wiederverheiratung nichts wußte. Sie erhob sich mechanisch, gab ihm einen Schilling und beantwortete seinen Gutenachtgruß. Er zog sich zurück, und sie hörte, wie seine Schritte langsam in der Ferne verhallten. Von neuem war sie allein, aber in welcher Einsamkeit!

Sie stand mitten in der Halle, in derselben

Stellung, wie der Mann sie verlassen hatte. Die Stille um sie war erdrückend, und auch aus dem angrenzenden Raum drang kein Laut, seitdem die Uhr nicht mehr tickte. Endlich raffte sie sich auf, kehrte in ihr Zimmer zurück und begann den Koffer und den Mantel beim Kerzenschein zu betrachten. Auf dem Koffer erblickte sie die in weißer Farbe aufgemalten Buchstaben J. B., – die ihr wohlbekannten Initialen ihres Gatten.

Dann untersuchte sie den Mantel. In seiner Brusttasche fand sie eine leere Rumflasche, die sie, wie sie sich fest einbildete, oftmals für ihn gefüllt hatte, als sie noch zusammenlebten.

Schließlich begann sie planlos im Zimmer umherzugehen, bis sie wieder Schritte draußen hörte und von neuem ein Klopfen an der Tür vernahm. Sie gab keine Antwort, und Nicholas – denn diesmal war er es – öffnete leise die Tür, in der Meinung, Christine möchte bei den Vorbereitungen für den morgigen Tag sein Klopfen überhört haben. Dann schritt er durch die Halle und kam zu Christines Zimmer, dessen Tür noch so offen stand, wie sie der Bote aus Casterbridge gelassen hatte.

Nicholas wünschte fröhlich guten Abend

und ließ seinen Blick durch den Raum schweifen, der mit seinen hellen Kerzen, seinem prasselnden Feuer, seinem schneeweißen Tischtuch und seinem funkelnden Geschirr einen erfreulichen Anblick für einen Mann bot, der soeben eine Stunde im Dunkeln marschiert war.

»Nun endlich bald – meine Frau!« rief er aus und umschlang sie mit beiden Armen.

Aber anstatt seine Zärtlichkeit zu erwidern, wurde ihr Körper plötzlich starr und schwer. Ihr Kopf fiel zurück, und er sah, daß sie ohnmächtig wurde.

›Nur allzu begreiflich‹, dachte Nicholas. Sie mußte in der letzten Zeit eine Unzahl kleine und lästige Dinge ordnen und hatte niemand, der ihr dabei helfen konnte. Er hätte sich selbst mehr um ihre Angelegenheiten kümmern sollen. Nun war die Aufregung über die bevorstehenden Ereignisse zu groß gewesen. Nicholas bedeckte ihr lebloses Gesicht mit Küssen, ohne zu ahnen, welche Nachricht jene Ohnmacht hervorgerufen hatte. Da er keine Lust verspürte, Mrs. Wake zu rufen, bettete er Christine auf den Diwan. Bald darauf schlug sie die Augen auf. Nicholas beugte sich über sie und flüsterte ihr ins Ohr: »Bleib nur ruhig liegen, Liebste, es eilt ja nicht! Träume inzwischen von unserem kommenden Glück! Ich bin es, Nicholas! Dir wird bald besser werden.« Und er ergriff ihre Hand.

»Nein, nein, nein!« flüsterte sie, und ihre Augen wurden starr. »Wie kann das noch sein?«

Nicholas blickte sie entsetzt und verständnislos an, aber die Erklärung sollte nicht lange auf sich warten lassen. Sie richtete sich mühsam auf und erzählte ihm stockend, was sich soeben ereignet hatte. Nicholas war wie erstarrt.

»Ah, das ist es also!« sagte er. Dann faßte er sich und fragte ruhig: »Und warum war er so grausam, seine Rückkehr bis heute zu verschieben?«

Sie berichtete eingehend, was ihr Gatte ihr durch den Boten hatte bestellen lassen; aber aus der Gleichgültigkeit, mit der sie die Bestellung wiedergab, war zu erkennen, daß sie nicht recht an die Wahrheit seiner Erklärung glaubte. Es war zu unwahrscheinlich, daß er sich sein Erscheinen nicht mit Absicht für diesen dramatischen Augenblick aufgespart hatte, ganz besonders, wenn sie daran dachte, wie sie schon früher von ihm behandelt worden war.

»Aber vielleicht spricht er doch die Wahrheit – und ist ein anderer Mensch geworden«, stammelte sie. »Ja, Nicholas, vielleicht ist er wirklich nicht mehr derselbe, der er einmal war. Wir müssen es wenigstens hoffen. Sicherlich hätte ich nicht auf die Rechtsanwälte hören und seinen Tod als gewiß annehmen sollen. In jedem Fall bin ich jetzt allzu deutlich belehrt worden, wie ich hätte handeln müssen.«

Nicholas brach in bittere Klagen aus. »Oh, warum sind wir Toren auch so ehrlich gewesen! So die ganze Welt es durch unsere Ankündigung in der Zeitung wissen zu lassen, was wir zu tun beabsichtigten! Konnten wir uns nicht heimlich trauen lassen und dann von hier weggehen, so daß er niemals erfahren hätte, was aus dir geworden wäre? Christine, er hat es nur getan, um ... Aber ich will nichts mehr darüber sagen. Natürlich können wir jetzt noch fliehen!«

»Nein, nein, das geht nicht«, antwortete sie hastig.

»Gut denn! Aber hart ist das alles für mich,

das kannst du mir glauben! ›Ich wartete des Guten, und kommt das Böse; ich hoffte aufs Licht, und kommt Finsternis.‹ So sprach einst ein Mann aus dem Lande Uz, den Gott grausam versuchte, und so sage auch ich jetzt... Ich möchte doch wissen, ob er bald hier ist.«

Sie bemerkte, daß Bellston wahrscheinlich quer über die Felder kommen würde, weil er seinen schweren Mantel, der ihm beim Gehen hinderlich gewesen wäre, vorausgesandt habe.

»Und ist dieser Tisch für ihn oder für mich gedeckt?«

»Er war für dich gedeckt.«

»Und er wird jetzt hier Platz nehmen?«

»Ja.«

»Christine, weißt du auch gewiß, daß er kommt, oder bist du vielleicht nur am Kamin eingeschlafen und hast das alles geträumt?«

Sie wies noch einmal auf den Koffer mit den Buchstaben J. B. und auf den Mantel, der über dem Stuhle hing.

»Gut, so leb also wohl! Verflucht sei der Geistliche, der uns vor fünfzehn Jahren nicht getraut hat!«

Es scheint uns unnötig, noch länger diese Abschiedsszene auszumalen. Es gibt Lebenslagen, in denen die gesprochenen Worte nur unvollkommener Ausdruck der geistigen Beziehungen sind, die zwischen den Personen bestehen. Es möge daher die Mitteilung genügen, daß die beiden voneinandergingen, und zwar rasch, und daß Nicholas sich mehr tot als lebendig auf den Weg machte.

Warum war er überhaupt zurückgekehrt? Solange er draußen in der Fremde weilte, hatte er Christine nicht so geliebt, wie er sie jetzt zu lieben glaubte. Wäre er jünger gewesen, so hätte es ihn jetzt vielleicht die Wiesen hinabgezogen, an deren Rand er dahinschritt. Da unten floß die Froom, und er kannte tiefe Stellen genug, wo ihm ein leichter Tod sicher war. Aber er fühlte sich zu alt, um seinem Leben allein aus unglücklicher Liebe ein Ende zu machen; und noch eine andere Überlegung hielt ihn davon zurück, ernstlich an eine Verzweiflungstat zu denken. In seiner Liebe zu ihr lag klar die Empfindung, daß sie seines Schutzes bedurfte, und er erkannte, daß sie niemand auf der Welt als ihn hatte, wenn ihr in der Zukunft Sorgen und Leiden beschieden sein sollten, die ihre schwachen Kräfte überstiegen. So also setzte er seinen Weg fort.

Inzwischen hatte sich Christine bereits mit allem abgefunden. Der Entschluß, sich ihrer Familie würdig zu erweisen, verlieh ihr Mut und Haltung. Sie rief Mrs. Wake herein und teilte ihr von den seltsamen Ereignissen so viel mit, wie sie für notwendig hielt. Mrs. Wake war zu erstaunt, zu antworten. Mit offenem Munde zog sie sich zurück. In der Tür wandte sie sich noch einmal um und fragte mit etwas heiserer Stimme:

»Und was soll mit dem wundervollen Essen geschehen, Madam?«

»Tragen Sie es auf, sobald er hier ist.«

»Wenn Mr. Bellston hier... Ja, Madam, es soll geschehen.«

Sie stand noch immer in der Tür und starrte Christine an, als könnte sie den Sinn des Auftrags nicht begreifen.

»Ich danke Ihnen, Mrs. Wake. Es ist sehr freundlich von Ihnen, daß Sie sich soviel Mühe geben.« Wieder war Christine allein, aber nun kamen ihr die Tränen, und sie begann bitterlich zu weinen.

Sie setzte sich nieder und wartete. Von neuem fühlte sie die Stille und das Fehlen des gewohnten Tickens, aber nun achtete sie kaum mehr darauf. Ihre ganze Aufmerksamkeit war von einer grenzenlosen Spannung in Anspruch genommen, mit der sie auf sich nähernde Schritte horchte und die sie vollkommen unbeweglich verharren ließ. Es schien ihr, daß die Zeit, in der ihr Gatte den Weg bis zu ihrem Hause hätte zurücklegen müssen, bereits vorüber sei, aber sie war sich nicht klar darüber und wartete weiter.

Mrs. Wake trat von neuem herein. »Sie haben noch nicht nach dem Essen geläutet, Madam?«

»Er ist noch nicht gekommen, Mrs. Wake. Wenn Sie zu Bett gehen wollen, bringen Sie das Essen herein und setzen Sie es auf den Tisch. Es schmeckt kalt ebenso gut. Und dann lassen Sie die Tür unverriegelt.«

Mrs. Wake tat, was ihr Christine auftrug, legte Holz im Kamin nach und zog sich zurück. Kurz darauf hörte Christine, wie sie ihr Zimmer hinter sich zuschloß. Sie selbst wartete weiter, aber obwohl die Nacht vorwärts schritt, kam ihr Gatte nicht.

Ein- oder zweimal erhob sie sich, um nach dem Feuer zu sehen, aber sie wußte nicht, wie spät es war. Ihre Uhr befand sich in dem Zimmer über ihr, und sie brachte die Kraft nicht auf, hinaufzugehen und nachzusehen. Sie sank in ihren Stuhl zurück, und noch immer stand das Essen unberührt auf dem Tisch.

Schließlich bemächtigte sich ihrer die Vorstellung, daß das Eintreffen seiner Sachen nur ein Traum gewesen sein könne, und sie ging noch einmal zu ihnen hin, befühlte sie und untersuchte sie neuerlich. Aber es war kein Zweifel, daß sie da waren und daß also auch der Bote wirklich mit ihr gesprochen hatte. Sie seufzte und setzte sich von neuem nieder.

Endlich überwältigte sie der Schlummer, und als sie nach einiger Zeit wieder erwachte, sah sie, daß die vier Kerzen vollkommen niedergebrannt und ausgegangen waren. Das Feuer jedoch warf noch einen schwachen Schein ins Zimmer. Christine nahm sich nicht die Mühe, neue Kerzen anzuzünden, aber sie legte etwas Holz nach und wartete weiter. Nach einer langen Weile hörte sie am anderen Ende des Hauses die Treppe und den Fußboden knarren und wußte, daß die Familie des Pächters sich an die Arbeit begab. Etwas später trat dann Mrs. Wake mit einer Kerze in der Hand ins Zimmer, wobei sie nach ihrer Gewohnheit kräftig die Tür aufstieß, da sie offenbar niemand mehr dort zu finden erwartete.

»Um Gottes willen! Sie sitzen bereits wieder hier, Madam?«

»Ja, ich sitze noch immer hier.«

»Sie sind die ganze Nacht aufgewesen?«

»Ja.«

»Aber...«

»Er ist nicht gekommen.«

»Ich glaub, daß er um diese Zeit kaum mehr kommen wird«, bemerkte Mrs. Wake. »Legen Sie sich doch nieder, Madam! Sie müssen ja vor Kälte Ihre Knochen nicht mehr spüren!«

Christine fiel ein, daß ihr Gatte es sich vielleicht überlegt hätte, eine Stunde, nachdem er ihr von seiner Existenz Mitteilung gemacht, sich ihr aufzudrängen, und daß er ihr wahrscheinlich am nächsten Tag einen förmlicheren Besuch abstatten würde. Sie befolgte daher Mrs. Wakes Rat und ging in ihr Zimmer hinauf.

8

Nicholas war geradeswegs nach Hause gegangen, ohne noch mit irgend jemand zu sprechen oder auch nur jemand anzusehen. Von jener Stunde an schien eine auffallende Veränderung mit ihm vorgegangen zu sein. Er war stets von sehr selbstbewußtem Charakter gewesen, hatte sich leicht beleidigt gefühlt und oft eine ungewöhnliche Besorgnis verraten, jemandem lästig zu fallen. Aber nun schien jener Charakterzug, der ihn häufig veranlaßt hatte, die Meinung anderer zu verachten und herauszufordern, mit einem Male geschwunden zu sein. Denn als er nach ein oder zwei Tagen, die er in vollkommener Zurückgezogenheit verbracht hatte, wieder unter den Menschen erschien und die wenigen Bekannten, die er in der Stadt hatte, sein verstörtes Aussehen bedauerten und ihm wegen der Ereignisse ihre Teilnahme ausdrückten, schrak er nicht vor ihren Aufmerksamkeiten zurück, wie er es früher sicherlich getan hätte, sondern nahm ihr Mitgefühl mit fast kindlicher Dankbarkeit entgegen.

Er erfuhr, daß Bellston am Abend seiner

Ankunft in keinem Gasthof der Stadt oder der umliegenden Orte abgestiegen sei und daß er auch im Hause seiner Frau sich bisher nicht gezeigt habe. ›Das ist nichts als eine vorsätzliche Grausamkeit von ihm‹, dachte Nicholas. Aber als nach zwei oder drei Tagen Bellston, wie er hörte, immer noch nicht in Froom-Everard erschienen war, entschloß er sich, Christine aufzusuchen.

Sie empfing ihn, auf dem Sofa liegend, da sie sich von den Aufregungen der letzten Tage noch immer leidend fühlte. Neben ihr stand der große, viereckigeTisch, auf dem an jenem Abend ihr Festmahl aufgetragen worden war. Sie sah ihn nachdenklich an, und auf ihrem Gesicht erschien ein trauriges Lächeln.

»Er ist noch nicht gekommen?« fragte Nicholas mit angehaltenem Atem.

»Nein.«

Dann setzte sich Nicholas neben sie, und sie sprachen miteinander über gleichgültige Dinge wie zwei alte betrübte Freunde. Aber bald wurde ihre Unterhaltung leiser, als sich ihnen unwiderstehlich die Notwendigkeit aufdrängte, von Bellston und seinem angekündigten Kommen zu reden. Christine, die den Charakter ihres Gatten genau so gut wie Nicholas' kannte, drückte die Vermutung aus, daß er möglicherweise damit zufrieden gewesen sei, ihren Absichten einen Riegel vorgeschoben zu haben (wie er sich wahrscheinlich ausgedrückt hätte). Dann habe er die Dinge ihren Gang gehen lassen, da ihre bescheidenen Verhältnisse ohne besonderen Reiz für ihn gewesen seien, und er würde sich wahrscheinlich erst dann wieder entschließen, zu ihr zurückzukehren, wenn er einmal nichts Besseres anzufangen wüßte.

Die Erinnerung an den plötzlichen Blitzschlag, der soeben alle ihre Hoffnungen zerstört hatte, lastete noch so schwer auf ihnen, daß sie an diesem Tag einander kaum in die Augen zu sehen wagten. Aber als nach ungefähr zwei Wochen immer noch keine weitere Nachricht von Bellston eingetroffen war, vermochten Nicholas und sie bereits mit ruhiger Verwunderung über die Ereignisse zu sprechen. Warum war er überhaupt gekommen, wenn er die Absicht gehabt hatte, auf solche Art wieder zu verschwinden?

Und so folgte für sie eine Zeit resignierter Bekümmertheit, in der, wie es heißt:

Ein Tag glich ohne Wechsel stets dem andern,

so daß, was von einem dieser Tage gesagt werden kann, auch für alle anderen gilt. Nicholas pflegte zwischen drei und vier Uhr nachmittags zu ihr zu kommen, und jedesmal, wenn er sich ihrer Tür näherte, fühlte er, wie sein Herz leicht erbebte. Er klopfte an, und sie öffnete stets selbst, da sie am Fenster nach ihm ausgesehen hatte. Dann flüsterte er leise:

»Ist er gekommen?«

»Nein«, erwiderte sie.

Nicholas trat dann herein, und nachdem sie ihren Mantel und Hut genommen hatte, gingen sie zusammen bis zu den Weiden, jenem Platze, der ihnen in den Tagen ihrer Jugend manchmal als Versteck gedient hatte. Ein Holzsteg, den Bellston während seines Aufenthaltes auf dem Gut über den Fluß hatte schlagen lassen, war vor einiger Zeit wieder entfernt worden, und alles war noch so wie vor fünfzehn Jahren, als Nicholas beim Wasserfall durch die Froom zu waten pflegte und dann plötzlich wie ein Wassermann vor ihr aus der Tiefe auftauchte. Dort auf dem bereits vermodernden Baumstamm, der noch immer an der alten Stelle lag, saßen sie oft lange Zeit und horchten auf das unaufhörliche Rauschen des Flusses, das über ihre vergeblichen Bemühungen zu spotten schien, ein Körper und ein Geist zu werden. Dann kehrten sie nach Hause zurück, nahmen unter vertraulichen Gesprächen ihren Tee, und bei Einbruch der Dämmerung verabschiedete sich Nicholas und machte sich auf den Heimweg. Diese Besuche wurden bald so regelmäßig wie eine Himmelserscheinung. Zweimal in der Woche erschien er bei ihr, den ganzen Winter hindurch, den folgenden Frühling, den Sommer und den Herbst, den nächsten Winter und das zweite Jahr sowie auch die anderen Jahre, die darauf folgten, bis, gemessen an der menschlichen Lebensdauer, ein beträchtlicher Zeitraum verstrichen war. Bellston blieb noch immer unsichtbar.

Jahr für Jahr ging Nicholas im Abstand von drei Tagen diesen Weg von seinem Hause nach Froom-Everard; und niemals wurde an dieser eingeführten Ordnung gerüttelt. Bei seiner Ankunft stellte er noch immer die gewöhnliche Frage und erhielt stets dieselbe Antwort:

»Ist er gekommen?«

»Nein.«

So wurden sie älter. Aber immer noch stand der Schatten jenes Dritten zwischen ihnen. Sie konnten ihn nicht verscheuchen, wenn er auch sie nicht zu trennen vermochte. Sie waren verbunden, wie nur zwei Menschen verbunden sein können, aber doch nicht unlösbar; sie waren ein Liebespaar, das niemals aufhörte, es zu sein. Als sie so nach fünf Jahren vielleicht zum fünfhundertsten Male den Tee gemeinsam nahmen, bemerkte er, daß ihre Haare seinem Beispiel zu folgen und gleichfalls grau zu werden begannen. Er sagte es ihr, und sie lachten. Ihre Gesundheit war vortrefflich: einen Zustand der Ungewißheit, der manchen Mann vielleicht getötet hätte, ertrug sie ohne Klage und mit großer Festigkeit.

Eines Tages, als nun ihre Freundschaft bereits sieben Jahre gedauert hatte, waren sie wie gewöhnlich bis zum Wasserfall gegangen, dessen lautes, an eine Stimme erinnerndes Geräusch sie stets sorgloser miteinander sprechen ließ. Er blieb stehen, sah ihr ins Gesicht und sagte: »Warum sollten wir es nicht noch einmal versuchen, Christine? Wir haben dem Gesetz nach das Recht, es zu tun. Wer wagt, gewinnt!« Aber sie weigerte sich. Vielleicht, daß damals bereits eine gewisse Zaghaftigkeit an Stelle ihrer früheren unbefangenen Kühnheit getreten war. »Was er einmal getan hat«, meinte sie, »das kann er auch ein zweites Mal tun. Da er nicht tot ist, würde er, wenn er von unseren Absichten erführe, neuerdings erscheinen, weil ihn ›das Gesetz dazu zwinge‹.«

Einige Jahre später, als Christine gegen fünfzig und Nicholas gegen dreiundfünfzig war, galt es, eine andere Angelegenheit, wenn auch keine von so großer Bedeutung, zu erledigen. Er fand es unbequem, den Weg an schlechten Tagen, besonders bei Nebel oder Regen, zurückzulegen, selbst wenn er sich dazu eines Wagens bedient hätte. Die Jahre, die er in Gegenden mit gefährlichem Klima verbracht hatte, machten sich nun durch häufige Anfälle von Rheumatismus bemerkbar. Er legte ihr diesen Umstand dar, wie er ihr alles erzählte, was ihn anging.

»Wie wäre es, wenn du hier in der Nähe wohntest?« schlug sie vor. Unglücklicherweise befand sich kein Haus in der Nähe. Aber Nicholas verfügte, wenn er auch kein Millionär war, doch über genügend Mittel, sich ein kleines Grundstück zu pachten, das das nächste von Froom-Everard war, das er bekommen konnte. Es lag am anderen Ufer des Flusses, der auch die Grenze des ehemaligen Gutes bildete. Dort baute er sich ein kleines Haus, das gerade für seine Bedürfnisse ausreichte. Es verging eine beträchtliche Zeit, bis es fertig war; aber als er endlich einzog, fand er, daß sein Einfall vortrefflich gewesen sei. Es trennten ihn jetzt nicht mehr als einige hundert Meter von ihr, und es bereitete ihm großes Vergnügen, daran zu denken, daß alle Geräusche, die während des Tages oder der Nacht an sein Ohr drangen, auch von ihr vernommen wurden, das Krächzen einer bestimmten Krähe, der Gesang der nahen Nachtigall, das Pfeifen des Windes oder das Rauschen des Wasserfalls, dessen ewige Bewegung sie mahnte, daß die Zeit unaufhörlich über ihnen dahinzog und an ihnen zehrte, ohne sie miteinander zu vereinigen.

Christines verschwundener Gatte wurde in den Augen ihrer Nachbarn allmählich so etwas wie eine mythische Figur. Nur die beiden glaubten noch immer daran, daß er am Leben sei, wenn auch Christines Überzeugung in dieser Hinsicht stärker war. Sie schienen beide merkwürdigerweise kein Bewußtsein von jenem langen Zeitraum zu haben, der seit dem

Auftauchen James Bellstons bereits verstrichen war. Da keine Ereignisse von Bedeutung eintraten, die ihnen als chronologische Meilensteine hätten dienen können, so stand jener Abend, an dem sie den angekündigten Gast erwartet hatten, noch immer mit großer Deutlichkeit vor ihren Augen.

Im siebzehnten Jahr ihres gemeinsamen stillen Ganges zu der letzten Grenze kam ein Arbeiter eines Tages eilig ins Haus Nicholas Longs und brachte eine seltsame Nachricht. Der gegenwärtige Eigentümer von Froom-Everard – der sich nur selten auf dem Gut zu zeigen pflegte – hatte auf seinem Besitztum allerlei Verbesserungen durchgeführt, und eine dieser Arbeiten war die Reinigung des Flusses, der im Laufe der Jahre bei seinem Durchgang durch die Weiden von Schlamm und Wasserpflanzen ganz verstopft worden war. Da es sich als notwendig erwiesen hatte, zu diesem Zweck den Wasserfall zu regulieren, so hatte man den Fluß umgeleitet und bei dieser Gelegenheit nun soeben das Skelett eines Mannes gefunden, das zwischen den Steinblöcken des Wasserfalls eingeklemmt war. Jedes Stückchen Fleisch und alle Kleidung war entweder von den Fischen verzehrt oder vom Wasser weggeschwemmt worden; aber in dem Deckel einer goldenen Uhr, die gleichfalls gefunden wurde, stand der Name jenes Uhrmachers eingraviert, der einst, wie sich Christine erinnerte, die Uhr ihres Gatten angefertigt hatte.

Nicholas eilte erregt zu der Stelle am Fluß hinunter, untersuchte die gefundenen menschlichen Reste und begab sich dann zu Christine, um ihr die Nachricht mitzuteilen. Sie mochte das Skelett nicht sehen, das auf dem Rasen niedergelegt worden war und an dem kein Knöchelchen fehlte, so sauber hatte das Wasser seine chirurgische Arbeit vollführt. Vermutungen wurden ausgesprochen, wie Bellston damals verunglückt sein könnte, und nur auf Grund von Vermutungen konnte man eine Erklärung wagen.

Es war anzunehmen, daß Bellston damals eine Abkürzung über die Wiesen gewählt hatte, als er sich auf dem Wege zu Christine befand, zumal da er ja die Gegend genau kannte. Beim Wasserfall angelangt, hatte er offenbar jenen Steg zu finden erwartet, der von ihm während seines Aufenthaltes auf dem Gut über den Fluß geschlagen worden war und der es ihm damals ersparen sollte, wie Nicholas hindurchzuwaten, wenn er die Wiesen auf dem anderen Ufer erreichen wollte. Noch bevor er aber entdeckte, daß dieser Steg entfernt worden war, hatte er wahrscheinlich das Gleichgewicht verloren und mußte in den Fluß gestürzt sein, wobei die Steinblöcke unter dem herabstürzenden Wasser ihn wie Zinken einer Gabel festhielten und so auch verhinderten, daß der Körper später zum Vorschein kam. Auf diese Weise konnte man sich den Fall mit Überlegung zusammenreimen. Aber ein Beweis konnte natürlich dafür nicht erbracht werden.

»Und denken zu müssen«, meinte Nicholas einige Zeit später zu Christine, als man die Überreste James Bellstons bereits begraben hatte und sie wieder einmal beisammen saßen – aber diesmal nicht beim Wasserfall –, »denken zu müssen, daß wir neben ihm weilten! Daß wir Stunde um Stunde auf ihn hinabblickten, während wir unser Schicksal beklagten, während er die ganze Zeit über von jener Stelle her in einer unverständlichen Sprache uns höhnend zurief, daß wir heiraten könnten, wenn wir nur wollten.«

Sie antwortete mit einem Seufzer. »Mir kommen noch manchmal merkwürdige Gedanken«, sagte sie. »Ob man so sicher sein kann, daß es wirklich damals mein Gatte war, der zurückkehrte, oder vielleicht irgendein anderer Mann ...?« Nicholas meinte, daß darüber kaum ein Zweifel möglich sei. »Schließlich hat man ja das Skelett gefunden«, sagte er.

»Ja, aber konnte es nicht das eines anderen Mannes sein ...? Aber nein, natürlich war er es!«

»Du hättest mich an dem Tage heiraten können, den wir festgesetzt hatten, und es wäre kein Hindernis vorhanden gewesen. Jetzt wärest du bereits siebzehn Jahre meine Frau, und wir könnten erwachsene Söhne und Töchter haben.«

»Ja, das hätte so sein können«, murmelte sie.

»Nun, ist es nicht immer besser, wir führen es jetzt aus als niemals?« Aber die Frage lag nun, da sie beide schon in vorgerücktem Alter waren, nicht mehr so einfach wie früher. Ihr Wille war nicht mehr so stark, ihre Herzen sehnten sich nicht mehr so gewaltsam nach einem Zustand, den sie so lange hatten entbehren müssen. Sie verschoben schließlich ihren

Entschluß, bis ein Jahr nach der Beerdigung Bellstons vergangen wäre, aber als es so weit war, zeigte keiner von ihnen große Lust, noch einmal von neuem mit allem zu beginnen.

«Lohnt es wohl nach so vielen Jahren noch der Mühe?« fragte sie ihn. »Wir sind inzwischen alt geworden und so, wie wir jetzt leben, glücklich, glücklicher vielleicht, als wir es wären, wenn unser Wunsch sich erfüllt hätte. Die Last, die bisher auf uns lag, ist nun von uns genommen. Kein Schatten trennt uns mehr; so wollen wir beide froh miteinander sein, liebster Nick, solange dieses eitle Erdendasein dauert. Und

Mit Heiterkeit und Lachen lassen wir
die Runzeln kommen.«

Er mußte ihr im wesentlichen beistimmen, und nur gelegentlich wagte er wohl noch, auf seinen Vorschlag zurückzukommen, wenn auch in seinen Worten nicht mehr die Leidenschaft früherer Tage lag.

Das schöne insel taschenbuch in großer Schrift

it 2323

Isabel Allende
Das Geisterhaus
it 2341

Isabel Allende
Wenn du an mein
Herz rührtest
it 2362

Isabel Allende
Eine Rache
it 2377

Elizabeth von Arnim
Elizabeth und ihr
Garten
it 2338

Elizabeth von Arnim
Verzauberter April
it 2346

it 2361

Das schöne insel taschenbuch in großer Schrift

Fjodor Michailowitsch
Dostojewski
Helle Nächte
it 2328

Fjodor Michailowitsch
Dostojewski
Der Spieler
it 2350

it 2359

it 2314

Theodor Fontane
Effi Briest
it 2340

Max Frisch
Homo faber
it 2344

Frohe Ostern
it 2372

Das schöne insel taschenbuch in großer Schrift

Fröhlicher Advent
it 2356

Die schönsten Gutenachtgeschichten
it 2379

Hermann Hesse
Mit der Reife wird man immer jünger
it 2311

it 2343

Hermann Hesse
Die Märchen
it 2349

Hermann Hesse
Wanderung
it 2354

it 2339

Das schöne insel taschenbuch in großer Schrift

Hermann Hesse
Jedem Anfang wohnt ein Zauber inne
it 2357

Hermann Hesse
Wolken
it 2367

Hermann Hesse
Eigensinn macht Spaß
it 2373

Ricarda Huch
Der letzte Sommer
it 2315

Monica Huchel
Meine Katzen
it 2368

Tages- und Jahresfreuden
it 2353

it 2378

it 2334